三島由紀夫自決考

昭和四十五年十一月二十五日・四十五歳の理由

田子文章
TAGO Fumiaki

幻戯書房

目次

まえがき　7
第一章　終わりは始まり　9
第二章　奇妙な年齢　57
第三章　二つの『葉隠』論　――『小説家の休暇』と『葉隠入門』　79
第四章　「芥川龍之介について」をめぐって　103
第五章　十五年計画　117
1　計画魔　118
2　六〇年安保闘争　128
3　「二つの政治的意見」と『憂国』　133
第六章　『剣』をめぐって　141

第七章　林房雄と三島由紀夫　155
1　なぜ「林房雄論」なのか　156
2　漸進主義と急進主義　167
第八章　楯の会とは　185
1　敵はこしらえるもの　186
2　楯の会をめぐる四つの疑惑　191
第九章　自己解説としての『三熊野詣』　209
第十章　二人の武士の自刃　――晴気誠陸軍少佐と三島隊長　233
あとがき　247
主要参考文献　250
引用・参照した三島由紀夫作品の出典　252

装丁　佐藤絵依子
写真　田子　靖
『曇りガラスの歌』（冬樹文庫　一九八〇）より

三島由紀夫自決考　昭和四十五年十一月二十五日・四十五歳の理由

まえがき

わたしの三島由紀夫研究は、『英霊の声』を読んだときに湧いた疑問、すなわち三島は靖国神社についてどういう見解を持っていたのか？　という疑問から始まった。『英霊の声』には二・二六事件の決起将校の霊と神風特攻隊の航空兵の霊とが兄弟神として登場し、昭和天皇の人間宣言を、現人神たる天皇の臣下として死んで行った者たちへの裏切りだと呪詛する。そして、《われらは陸《くが》のいつわりの奥津城《おくつき》をのがれ出て、月の夜には海上に集うて、今の世のこと、又すぎし世のことを語り合うのをならわしとしている》と語る。「いつわりの奥津城」とは、靖国神社の暗喩であろう。いうまでもなく、英霊を祀る社《やしろ》といえば、靖国神社ということになっている。

昭和という時代は、わが夫、わが息子の靖国神社に祀られていることが、一家の名誉でもあり、他人に誇れもした時代であった。三島の生きた戦後こそ、まさしく太平洋戦争で戦死して靖国神社に祀られた英霊の遺族が、そこかしこに見受けられる時代であった。しかし、この兄弟神は靖国神社のはるか彼方、月の海上から飛来するのである。

兄神である二・二六事件の決起将校は、昭和天皇に反旗を翻した逆賊として反逆罪に問われ、銃殺刑に処された。それでも彼らは体に銃弾を浴びる直前、「天皇陛下万歳」と唱えるのだが、天皇に対する逆徒として靖国神社には祀られない。他方、弟神である神風特攻隊員の霊は、皇国のために尽くした戦死者の霊として、靖国神社に祀られた。だが、兄弟神としてともに昭和天皇の人間宣言を批判し、呪うのである。

このことから、三島は英霊を靖国神社に祀られる霊か否かで線引きするのではなく、英霊のもともとの意味、すなわち「すぐれた人の霊魂」（『広辞苑』第六版）の意味で使用している、と察せられた。純粋な魂は、純粋であればあるほど、裏切りに対する怒りが劇烈である。三島が、「すぐれた人の霊魂」の意味で、英霊が怨霊と化さざるを得ない姿を描いたとすれば、三島の靖国神社に対する見解を問うことは、さほど意義あるものとは思えなくなった。

三島は耽美派から右翼に転じた作家だとみなされている。しかし『英霊の声』の「英霊」を「すぐれた人の霊魂」の意味で解すれば、この小説が一種耽美的色彩の強い物語だということも、あながち否定できないのではないかと思われた。『英霊の声』が発表されたのは、昭和四十一年（一九六六）で、三島の右翼的言動が世間の耳目をひく時期と重なっている。時期的にみて、耽美主義と皇国主義の奇妙な混在が、わたしの興味をかきたてることになった。三島は本当に右翼であったのか？　三島に対する、次なる疑問であった。この問が本書へと繋がることとなった。

なお、三島の文章を引用するにあたっては、原則として『三島由紀夫全集』（全三十六巻　新潮社　一九七三―六）および『決定版　三島由紀夫全集』（全四十四巻　新潮社　二〇〇〇―六）に従ったが、新漢字、新仮名遣いに改め、ルビ等も適宜整理している。また、すべて引用文中の注については、〔　〕内に記した。

第一章　終わりは始まり

三島由紀夫。昭和四十五年（一九七〇）十一月二十五日没。享年四十五歳。

三島は半世紀余前のその日、陸上自衛隊市ヶ谷駐屯地内で割腹刎頸《ふんけい》の自殺を遂げた。そのときの三島は、私兵といわれた「楯の会」のメンバー四人を率いて集団行動をとったが、それでも三島一人の自刃だったら、酔狂な文学者の死として、この事件は片付けられたかもしれない。しかし、そうではなかった。三島とともに自刃した学生が一人いた。楯の会の学生長森田必勝《まさかつ》である。両人の生首が東部方面総監室の床に並んだ写真を、わたしたちはその日の夕刊にみたのであった。東部方面総監を人質にとって駐屯地内の自衛隊員を本館前に非常呼集させ、軍服を模した楯の会の制服姿、頭に「七生報国」の鉢巻を締め、二階バルコニーから自衛隊による憲法改正のクーデターをうながす演説が、自衛隊員のヤジと怒号と取材ヘリコプターの轟音とでかき消された直後の自刃であった。

繰り返すが、たとえこの事件が、楯の会四人の会員を引き連れたものでも、三島一人の自刃にとどまっていたのであれば、三島個人の死がクローズアップされ、とどのつまり三島由紀夫その人の「文学的死」とみなされた可能性が大きい。しかしこの事件は、二人揃っての自刃に及ぶことで、俄然《がぜん》政治的色彩を帯びた。二つの生首が、三島一人の自刃ではなし得ない政治的磁場を作り出したのである。
その二年前に、三島はこう書いていた（「日沼氏と死」「批評」一九六八・九）。

私が文学者として自殺なんか決してしない人間であることは、夙《つと》に自ら公言してきた通りである。私の理屈は簡単であって、文学には最終的な責任というものがないから、文学者は自殺の真のモラーリッシュな契機を見出すことはできない。私はモラーリッシュな自殺しかみとめない。すなわち、武士の自刃しかみとめない。

戦前の皇軍兵士は武士の後裔と目された。楯の会の制服は、旧日本軍の軍服とは趣を異にするが、自刃の前々年に書いたことは、言葉の綾などではなかった。というよりも、予告だったことを、わたしたちは知らされたのであった。だが、そもそもその文学的出発から、三島は死に憑かれた作家であった。三島文学の主調音は「死」である。作品のいくつかをたて続けに読めば、おのずと知れることである。故に三島の「政治的死」に疑問符がついたのは当然であった。これが別人の行為だったなら、間違いなく政治的死と認定されよう。
三島は天分をほしいままに発揮した戦後文学の代表的作家だったが、その性格は完全主義者であり、計画魔でもあった。そのような人物が、割腹刎頸という心胆を寒からしめる衝撃的な行為を、安易に企図するはずがない。小説のみならず、超一流の劇作家でもあった三島が、故に一つの舞台を創るように自身の死までのプロットを書き、終幕のクライマックスに切腹場面を配置したであろうことは想像に難くない。問題はそれをいつ構想し、書き始めたのか、ということである。本論の問題意識もそこにある。三島とは弟分の仲だった演出家の堂本正樹は、《三島由紀夫は戯曲を書く時、常に、幕切れから筆を起こしたと伝えられる》（『劇人三島由紀夫』劇書房　一九九四）と述べている。そのように戯曲が書かれたのであれば、その手法は三島本人の自刃にも当て嵌まるに違いない。要するに三島の終わりは、終わりの始まりだったのではないか。すると、冒頭に記した「三島由紀夫。昭和四十五年（一九七〇）十一月二十五日没。享年四十五歳」という死亡年月日と没年齢こそ、いまなお謎に包まれている三島の自刃劇の扉を開くカギになるのではなかろうか。ならば、次のような一連の問を立てることもできよう。

問⑴　三島由紀夫は、なぜ昭和四十五年（一九七〇）に自刃したのか？

問⑵　三島由紀夫は、なぜ十一月二十五日に自刃したのか？

問⑶　三島由紀夫は、なぜ四十五歳で自刃したのか？

但し、右の三つの設問のうち、問⑴は問⑶に集約される。なぜなら、三島が生まれたのは大正十四年（一九二五）一月十四日で、満年齢が昭和の年数と一致し、つまり昭和四十五年（一九七〇）では四十五歳になるからである。そのため、以下のように差し替える。

問⑴　三島由紀夫は、なぜ十一月二十五日に自刃したのか？

問⑵　三島由紀夫は、なぜ四十五歳（昭和四十五年）のときに自刃したのか？

この二つの問に対して、これまでどのような答＝解釈が提出されてきたのであろうか。意外なことに、問⑵にはめぼしい答が見当たらない。この空欄を埋めることが、本書の目的である。

そもそも三島由紀夫は、なぜ自刃したのか？　この疑問に対しては、自刃直後から今日に至るまで、数えきれぬほどの三島由紀夫論として答が出され続けている。とりわけ自刃直後には玉石混淆さまざまな言説が飛び交った。狂気説、文学の行き詰まり説、美学の完成説、老醜忌避説、病気嫌悪説、心中説、諌死説、森田必勝主導説等々である。それらの言説は、結局のところ、三島の自刃を文学的死とみるか、あるいは政治的死とみるかに集約されていった。その二分された見解の決着はいまだついていない。根本的な理由は、死に方であろう。三島の自刃には、出来過ぎた舞台劇を観るような、ある種の白々しさ、いぶかしさがつきまとっていて、どうしてもまことらしさが迫って来ない。それが絶えることのない三島由紀夫論を産み出す要因になっているように思われる。要するに、死に方があまりにも演劇仕立てなので、却って不可解なのである。

一方、政治的死を主張する側からは、三島の思想と行動に共鳴する新右翼という潮流が生まれ出た。それを象徴するのが例年命日の十一月二十五日に開催される憂国忌である。憂国忌が太宰治の桜桃忌と本質的に異なるところは、会場に楯の会の制服姿の森田必勝の遺影が、同じ制服姿の三島の遺影とともに掲げられ、等しく烈士として顕彰されている点である。桜桃忌は太宰治一人のものだが、憂国忌は三島由紀夫一人のものではない。極論すれば、森田必勝あっての憂国忌なのである。冒頭で述べたように、三島の自刃が政治的磁場を帯びたのは、ともに命を捨てた森田の存在があったからといえる。会場で三島の遺影と並ぶ森田のそれが暗々裡に語っている。

三島の自刃に対する評価はひとまず措《お》くとして、森田必勝の自刃は紛う方なき政治的死である。

森田の人物像を追えば、そこにみえてくるのは右翼学生運動に挺身した活動家の姿である。森田は二浪して昭和四十一年（一九六六）、早稲田大学教育学部に合格し、入学早々、民族派の日本学生同盟（日学同）に加わる。翌々年に早大国防部部長、さらに全日本学生国防会議議長に選出されている。当時の早稲田大学は新左翼・全共闘運動の一大拠点校で、森田は左右両翼の学生が対峙する最前線にいた。直木賞作家の中村彰彦著『三島事件　もう一人の主役』（ワック　二〇一五）によると、森田は行動の政治的有効性を重視する組織の論理よりも、行動において死をも厭わない、いわばテロリストタイプの学生活動家であった。

森田は三島の片腕として事件の渦中の人となった。だが、なぜ森田は自刃という修羅場に連座したのか。中村彰彦の著書からうかがえるのは、森田の自刃は森田のものだったということである。三島に感化され、あげくの軽挙妄動というようなものでは決してなかった。森田は自分の死を死んだ。それも無駄死にはしないという意味で、自分の死の値踏みをしたうえでの死であった。人が三島の死を諫死《かんし》というなら、その自刃の透明性において、森田の死こそ諫死に値する。中村彰彦の著書は、そういう森田の思想、感情を明らかにしている。

森田は日学同内に森田派と呼ばれる数名からなるグループを形成していた。彼らはやがて日学同を脱退し、三島の息のかかったのちの楯の会の母体となるグループに加わる。中村彰彦は当時の森田派のメンバーから次のような言葉を聞き出している（同書）。

《日学同の活動というのは、結局、全学連のやり方の裏返しのようなものなんです。月に何度かの会議にしても、労働組合の代表者会議みたいで面白うない。われわれは一般学生を相手にするので

はなく、もっと純粋に命を賭けてやるテロリズムに憧れておって、おなじ考え方の者たちが森田さんと一緒に行動したわけです》

《われわれは一匹狼の集まりだった。楯の会は一種のファッションで、森田さんも「三島先生は好きだ」といってはいたが楯の会に打ちこむ気はさほどなかった。／われわれ一匹狼ができることといえばテロしかないやろ、ということなんです。爆弾仕掛けるのも、日本刀を持ってゆくのもある。ただしテロに成功したら、返す刀でおのれを刺して死ぬ。そのために大義名分を見つけ、そこまで自分を昂めるための精神修養を積んでゆく、というのが究極の目的でした》

《だれかが今日やるぞ、といえば、ああ、いいよ、という気持でした》

彼ら森田派は、一人一人がきっかけさえあれば即座に立ち上がるテロリスト予備軍だったといえよう。このグループのリーダーだった森田は、人一倍死を欲し、自分の死に場所を探していた。一方の三島もまた死に場所を模索していた。その二人が出会うことで出来《しゅったい》したのが三島事件である。

中村が引き出した見解は、こうである。三島事件は三島主導でなされたと思われているが、必ずしもそうとはいえない。事件の経過を跡づけていくと、三島の背中を押し、あるいは三島を引っ張るように、自刃までの道筋をつけた張本人こそ森田必勝である。すなわち、三島事件は実のところ「森田事件」というべきものである――。

中村の見解のとおり、その政治性において、森田の死は間然《かんぜん》するところがない。それに比べると、三島の死は曖昧模糊としている。どこか不可解である。その不可解さを覆い隠しているのが森田の死なのである。三島の自刃が政治的磁場＝政治的求心力を持ち得たのは、森田の自刃が相伴ったからにほかならない。森田が三島の隠蓑《かくれみの》に、ブラインダーになっているのである。三島の死は森田の死との抱き合わせによって、政治的事件としての安定性を保ち得ているといっても過言ではない。まさにこの点において、三島事件の全体像そのものに対するクエスチョンマークが付くのである。本当に三島の自刃は政治的死なのか、みかけだけではないのか、と。故に、そもそも三島由紀夫は、なぜ自刃したのか？　という疑問も、依然有効である。その意味で、前掲の問(1)、問(2)も、そこへ還って来るべきものである。

問(1)　三島由紀夫は、なぜ十一月二十五日に自刃したのか？

この問に対しては、少なくとも四つの答をみることができる。考えようによっては、四という数そのものが驚きである。特異な死に方をしたとはいえ、自刃した日をめぐって、それだけの数の答が示されたのである。まさしく三島由紀夫という天才が伝説化する因《よすが》がここにもある。四つの答のうち、三つは転生説、一つは天皇霊の掠取説である。

さて、転生説の一つ目は、文芸評論家の村松剛が三島自刃の翌年に刊行した『三島由紀夫――その生と死』（文藝春秋　一九七一）で述べたものである。こう書いている。

《百十一年まえの同じ日に吉田松陰が、例の「留め置かまし大和魂」の辞世を残して、小塚原に消えた。（十一月二十五日がその日だったと教えてくれたのは、伊澤甲子麿《きねまろ》氏である。）／三島氏は松陰のことをよく口にしていたから、この符合は偶然とは思えない。ライフワーク四部作『豊饒の海』の転生譚を、身をもって実践したようにも見える》

しかし、右の村松の文章には、誤認がある。松陰が刑死したのは、山口県山口博物館編『維新の先覚　吉田松陰』（山口県教育会　一九九〇）の年譜によると、安政六年（一八五九）十月二十七日、陽暦では十一月二十一日である。小伝馬町の獄舎で斬首され、翌々日、小塚原《こづかっぱら》の回向院に葬られたという。長州藩の史料を博捜しての年譜だから、間違いなかろう。伊澤甲子麿の勘違いだと考えられる。

村松と伊澤はともに三島諫死説をとっている。村松は前掲書において、《氏の目標は諫死にあった。すなわちそれは、意図された「無駄死に」だった》《日本人は繁栄のぬるま湯につかり、氏が頼みにした自衛隊も当てにはならない。どうしたらこの事態を、動かし得るのか。氏は死をもって諫めるみちを、えらんだ》等々、同様の主旨を再三再四繰り返している。三島の自刃を、安政の大獄に散った松陰と同じく「政治的死」と断じたいがため、村松は伊澤の話を鵜呑みにし、勇み足を踏んだのであろう。

二つ目は、三島の命日の十一月二十五日が、三島の誕生日の一月十四日の四十九日前であることに着目した社会学者、小室直樹の説で、以下に引用する（『三島由紀夫が復活する』毎日コミュニケーションズ　一九八五／毎日ワンズ　二〇〇二）。

三島は昭和四十五年十一月二十五日に自刃して果てた。なぜ十一月二十五日でなければならないのか？　その理由を三島に〔ママ〕作品〔『豊饒の海』〕の中で暗示している。

「それにつけても思われるのは、清顕の死後、月修寺門跡の教えに従って読んださまざまな仏書のうちから、四有輪転について述べられた件りを思い起こすと、今年満で十八歳の飯沼少年は、清顕の死から数えて、転生の年齢にぴったり合うことである。
すなわち四有輪転の四有とは、中有、生有、本有、死有の四つをさし、これで有情の輪廻転生の一期が画されるわけであるが、二つの生の間にしばらくとどまる果報があって、これを中有といい、中有の期間は短くて七日間、長くて七七日間で、次の生に託胎するとして、飯沼少年の誕生日は不詳ながら、大正三年早春の清顕の死から、七日後乃至七七日後に生れたということはありうることだ」（『奔馬』）

三島は七日後乃至七七日後のうち、最も次の生に託胎する可能性の高い四十九日後を自らの中有の期間と定めた、のだろうか。十一月二十五日の四十九日後は次の年の一月十四日である……。

小室説によれば、三島は自分の誕生日である一月十四日に生まれ変わろうとして、四十九日前の十一月二十五日に自刃した。まさしく輪廻転生説を実践したというわけである。であれば、新たな問が生じる。三島は、なぜ自分の誕生日の一月十四日に生まれ変わりたかったのか。考えられることは一つである。自分の誕生日をめがけて自殺することで、他者に転生した自分ではなく、自分が自分であるところの自分の実人生を取り戻したかった。自分の人生をやり直したかった。当然、そういうことになるであろう。三島は、同人誌「批評」の昭和四十年（一九六五）十一月号から四十三年六月号まで連載した「太陽と鉄」に、こう書いている。

つらつら自分の幼時を思いめぐらすと、私にとっては、言葉の記憶は肉体の記憶よりもはるかに遠くまで遡る。世のつねの人にとっては、肉体が先に訪れ、それから言葉が訪れるのであろうに、私にとっては、まず言葉が訪れて、ずっとあとから、甚だ気の進まぬ様子で、そのときすでに観念的な姿をしていたところの肉体が訪れたが、その肉体は云うまでもなく、すでに言葉に蝕まれていた。

まず白木の柱があり、それから白蟻が来てこれを蝕む。しかるに私の場合は、まず白蟻がおり、やがて半ば蝕まれた白木の柱が徐々に姿を現わしたのであった。

そう書いた三島だが、無論それでよかったとは思っていなかったはずである。本音としては、《世のつねの人》のようにありたかった。それがこの文章に底流する三島の心情であろう。少し距離をおいて眺めれば、三島にとっての書くことの意味がまさしくこの文章に象徴的に現れている。《言葉の記憶》が《肉体の記憶》よりも先に訪れてしまった自分の過去を清算したかった。自分を客体化し、それを言語化することで、辛うじて心の平衡を保つ三島がそこにいる。写真家の篠山紀信に撮らせた自身の裸体写真は、普通の人のように心を裸にできない三島の代償行為であろう。天才と称された者の、普通の人への回帰願望。生きている限り不可能なそれを、生まれ変わり、転生という手段によって、実現しようとした。これが自殺の日が十一月二十五日でなければならない理由として挙げられよう。それは、三島由紀夫はなぜ自刃したのか？　という根本的な疑問に対する一つの答でもある。

ところで、三島のいう《言葉の記憶》とは、噛み砕いていえば、頭を回路としてこの現実世界を理解することであり、《肉体の記憶》とは、肉体を回路としてこの現実世界を了解するというような意味であろう。三島の場合、もっぱら前者に偏って幼少年期、青年期を送ってしまった。結果できあがったのが、肉体の記憶を欠落させた自意識の怪物であった。三島の不幸はそこにあった。では《肉体の記憶》という比喩で表現された思想を、三島はいつ、どこで、どういうふうに認知し、内在化したのであろうか。

三島は三十歳になって、失われた肉体の記憶を取り戻すべく、肉体改造に取り組んだ。もっとも《肉体の記憶》というような詩的表現は四十歳を過ぎてからのもので、当時の三島の関心は、短期間に見栄えのいい肉体をどうしたら獲得できるかという点にあった。それが一生涯続くことになるボディビルである。そのしょっぱなにおいて、三島の肉体はなにを感じ取ったか。

これはわたしの体験に照らしての推測だが、初めてボディビルに取り組んだ日の翌朝の目覚めに襲われたに違いない、全身を圧する筋肉痛である。わたしの場合、やはり三島と同じく三十歳のとき、某大学の空手部の監督をしていた知人に誘われ、その稽古に一年間だったが、ほぼ十歳年下の学生たちに混じって参加したことがある。わたしはその大学の卒業生でもなく、またそれまで武道と称するものを高校の格技の授業（剣道）以外したことがなかった。丁度学期初めの四月だったので、真新しい道着姿の新入生の列（男子よりも女子のほうが多かった）の最後尾に、監督から譲られたよれよれの道着を着て並んだのであった。仕事があるので、週一回、毎土曜日の午後からの稽古に参加した。いかにも空手らしくみえる動きが身につくまでには大分かかった。学生たちは部外者のわたしに好意的に接してくれて、とても居心地がよかった。その中で忘れられないのが、初めて稽古に臨んだ日の翌朝の事態である。ベッドから起き上がろうにも体が動かなかった。手足はもとより首も動かせない。まるで背中が敷布団に貼りついてしまったようで、にっちもさっちもいかない。体を動かそうとすると、そこかしこが筋肉痛でうずいた。わたしはしばらくの間、天井を見上げるしかなす術がなかった。おそらく三島も初めてボディビルに挑んだ日の翌朝には、それに近い状態に襲われたに違いない。わたしは中学二年時の通信簿の体育の評価は「5」で、運動能力は他に引けを取らなかった。しかし体を動かすことを何年もさぼればそうなる。まして三島は、少年期には青瓢箪とからかわれ、三十歳になるまでの間、まともにスポーツといえるようなものをやったことがないのである。朝目を覚まして自分の体の異変に仰天したことであろう。それはたぶん三島がついぞ一度も経験したことのないものであった。だが三島は、それが筋肉痛であることを即座に理解し、体中の痛みに顔をゆがめるよりも、それこそ言葉ではいいつくせない充足感にひたったのではないか。パンパンに張った筋肉が呼び醒ます圧倒的な実存感覚、三島はそれに酔ったのではないか。

筋肉は動かせば動かすほど、動きの質を高めていく。筋力アップと動きのさらなる俊敏化。肉体だけが知悉する数十分の一秒単位の即応感覚。そこに発する瞬間的な、しかも的確な肉体の反射運動。たとえば格闘技において、相手の攻撃をかわして切り返す瞬時の反射的な動きは、一朝一夕に獲得できるものではない。それを《肉体の記憶》と、三島は表現したのではないか。だがしかし、そうであったとしても、三島が少々得意気に自分の肉体について書いたものを読んだ際、つい感じてしまうのは、ある種の悲哀である。前掲の「太陽と鉄」には千葉県船橋市の陸上自衛隊習志野空挺部隊に体験入隊したときの回想がある。三島四十二歳の体験である。引用する。

それは五月二十五日の美しい初夏の夕方であった。私は落下傘部隊の隊付をしており、その日の訓練がおわったのち、一人で風呂へ行って宿舎へかえる途上にあった。

夕空は青と桃色に染められ、一面の芝草は翡翠にかがやいていた。私のゆく径のまわりには、旧騎兵学校当時のままの古びた雄々しい木造のノスタルジックな建物が散在していた。今は体操場になっている覆馬場《おおい》、今はPXになっている厩舎など。

私は体育の服装のまま、今日おろしたばかりの白木綿の長いトレイニング・パンツに、運動靴に、ランニング・シャツの姿だった。そのパンツの裾のほうが、すでに乾いた土に汚れているのさえ、私の幸福の感覚に寄与していた。〔略〕

私の一日は能《あた》うかぎり肉体と行動に占められていた。スリルがあり、力があり、汗があり、筋肉があり、夏の青草が充ちあふれ、土の径を微風が埃を走らせ、徐々に日ざしは斜めになって、私はトレイニング・パンツと運動靴で、そこをごく自然に歩いていた。これこそは私の望んだ生活だった。〔略〕

そこには何か、精神の絶対の閑暇があり、肉の至上の浄福があった。夏と、白い雲と、課業終了のあとの空の、何事かが終ったうつろな青と、木々の木洩れ日の輝きににじんでくる憂愁の色と、そのすべてにふさわしいと感じることとの幸福が陶酔を誘った。私は正に存在していた！

　この存在の手続の複雑さよ。そこでは多くの私にとってフェティッシュな観念が、何ら言葉を介さずに、私の肉体と感覚にじかに結びついていたのである。軍隊、体育、夏、雲、夕日、夏草の緑、白い体操着、土埃、汗、筋肉、そしてごく微量の死の匂いまでが。そこに欠けているものは何一つなく、この嵌絵《はめえ》に欠けた木片は一つもなかった。私は全く他人を、従って言葉を必要としていなかった。この世界は、天使的な観念の純粋要素で組み立てられ、夾雑物は一時彼方へ追いやられ、夏のほてった肌が水浴の水に感じるような、世界と融け合った無辺際のよろこびに溢れていた。

　陸上自衛隊の精鋭中の精鋭といわれる空挺部隊の隊員に混じり、厳しい訓練を終えたあとの爽快感が、いかにも三島らしく高踏的に描出されている。三島は回想を楽しむが如く、嬉々としてこの行文を書いているかのようである。しかしなんというか、ここにはいうにいわれぬ哀しみが、ふつふつと滲み出ているように思われてならない。目印の傍線を引いておいたが、後半にみられる「軍隊」という単語だけを飛び越して、再度読んでみていただきたい。すると、あることに思い当たるのではないか。中学高校あるいは大学でもいいが、学生時代に運動部にいた人にはわかると思う。三島がここで書いているのは、たとえばわたしたちが部活をくたくたになって終え、一時の休息をもとめてグラウンドの芝生にへたり込み、夕空を目にし、仲間たちのざわめきを耳にしながら、どこか放心した態で感じたことと、さして違いがないのではないか。そのようなとき、わたしたちもまた、言葉を超えた陶酔に誘われて、わたしはまさに存在している！　と心のどこかで確かに感じたのではなかったか。四十を過ぎた男が、言葉を幾重にも積み上げて語ろうとしたのは、わたしたちが十代の頃に経験したことではなかろうか。

三島は、失われてしまった自分の幼少期と青年期の肉体の記憶を取り戻すためには、自分が宿った子宮へ還るしかないと、切なる願望を持っていた。従って、十一月二十五日の自刃は、胎内回帰のためだったといえるであろう。

三つ目も過去回帰の転生説だが、回帰する時期が異なっている。右の二つ目は始まりの始まり、胎内への回帰だったが、今度は二十二年前の十一月二十五日への回帰である。その日は、三島を戦後文学の旗手として登場せしめた記念碑的小説『仮面の告白』の起筆日であった。

三島は昭和二十二年（一九四七）十一月二十八日に東京大学法学部法学科を卒業し、十二月十三日に高等文官試験行政科に合格。同二十四日に大蔵省事務官に任官、銀行局国民貯蓄課に勤務することになる。大学在学中も学生文士として小説を書いていた三島は、昼は行政官、夜は小説家という二重生活に入る。

昭和二十三年八月、四ツ谷駅前にあった三島の勤務先の大蔵省仮庁舎に、河出書房の坂本一亀《かずき》が訪ねてきて、書き下ろしの長編小説を依頼する。その場で承諾した三島は、これを機に大蔵省を退職する。それから二か月後の十一月二日付の坂本一亀への手紙に、《書下ろしは十一月二十五日を起筆と予定し、題は『仮面の告白』というのです》と記している。

しかし、この十一月二十五日という日付について、大澤真幸著『三島由紀夫　ふたつの謎』（集英社新書　二〇一八）は、《『仮面の告白』刊本の月報によれば、実際に書き始めたのは、坂本宛書簡の予告よりも遅く、十二月だったらしい》と註釈を入れている。とはいえ、大澤真幸の指摘どおりだとしても、三島自身がどう思っていたかが重要である。三島自身が明確に否定していない以上、『仮面の告白』の起筆日は十一月二十五日とすべきであろう。あるいは、故意に訂正しなかったのであれば、その日は三島の内なる事実といえる。それならそれで、やはりなぜその日に固執するのかが、問われなければならない。

昭和二十三年十一月二十五日が『仮面の告白』の起筆日だったとすれば、三島の戦後文学への実質的な参入は、その日に始まったといえる。その記念すべき起筆日に、なぜ三島は自刃したのか。これが新たな問である。

前述の小室直樹の説では、十一月二十五日の自刃は、誕生日への回帰を目的にしたものであった。小室説が妥当性を持つとすれば、同様のことがいえるはずである。『仮面の告白』の起筆日へ回帰するためであった、と。それは次のことを意味しよう。三島は『仮面の告白』を書き出す前の、原稿用紙がまだまっさらな状態だったときまで、時間を巻き戻したかった。つまり、有名な冒頭の一句、《永いあいだ、私は自分が生まれたときの光景を見たことがあると言い張っていた》に始まるこの小説を、白紙に戻すことである。そしてそれに代わるべき別の小説が書かれるということである。この小説が気にいらないから書き直したいというような、単純な話ではない。なぜなら、戦後文学者としての三島の全業績が、この中編小説で始まったといっても過言ではないからである。十一月二十五日の自刃の目的が『仮面の告白』を白紙に戻すことにあったとしたら、それは以降のすべての小説、戯曲、評論等を、自らの手で全的に否定することでもある。そのような意味合いを、『仮面の告白』の起筆日への回帰は持っている。では、なぜそのような回帰説が妥当性を持つといえるのか。『仮面の告白』は、三島が少年期より書き続けてきた小説に、自らの手で絶縁状を叩きつけたような作品だからである。

三島は、早くも十三歳、学習院中等科一年で、最初の短編小説『酸模《すかんぽ》』『座禅物語』を書き、学習院の「輔仁会雑誌」に発表している。十六歳で『花ざかりの森』を書き、その早熟な才能を知らしめた。昭和十三年（一九三八）の『酸模』に始まり、昭和二十四年（一九四九）、二十四歳で『仮面の告白』が刊行されるまでに、途中太平洋戦争の開戦と敗戦を横目に、長短含め五十数編もの小説をすでに書いていた。しかもそれらを収載した単行本五冊を出している小説家であった。短編集『花ざかりの森』（七丈書院　一九四四）、短編集『岬にての物語』（桜井書店　一九四七）、短編集『夜の支度』（鎌倉文庫　一九四八）、長編『盗賊』（真光社　一九四八）、短編集『宝石売買』（講談社　一九四九）がその五冊である。

このように、三島は『仮面の告白』で戦後の文壇に彗星の如くデビューした新人作家というわけではなかった。にもかかわらず、後年、昭和三十八年（一九六三）一月十日から五月二十三日まで週一回、東京新聞夕刊に連載した「私の遍歴時代」では、いっぱしの小説家だった事実を読み取ることができない。『仮面の告白』の前と後での、世評のあまりにも大きな落差を意識してのことかもしれないが、理由はそれだけなのか。ともあれ、終戦直後の身辺について、「私の遍歴時代」では次のように書いている。

終戦後、私が小説家になるという夢も捨てきれず、さりとてそれ一本で立つ自信もなく、誰しも考えるように、二重生活を目ざして、学校の勉強と創作の両天秤をかけていた時期は、私自身にとっては、平凡な法学生の生活で、〔略〕学校が退けたらまっすぐ家へかえる他はなかったが、外の社会は嵐のようで、文壇はまた、疾風怒濤の時代を迎えていた。

私も内心、そういう波に乗りたい気があったが、戦時中の小さなグループ内での評判などはうたかたと消え、戦争末期に、われこそ時代を象徴する者と信じていた夢も消えて、二十歳で早くも、時代おくれになってしまった自分を発見した。これには私も途方にくれた。〔略〕戦時中、小グループの中で天才気取りであった少年は、戦後は、誰からも一人前に扱ってもらえない非力な一学生にすぎなかった。

三島家は祖父、父と二代続く官僚一家であった。三島の大蔵省入省も父親の強い意向に逆らえなかったためである。それが河出書房の坂本一亀の来訪で一変する。三島は坂本の依頼を即座に受諾し、役人生活を八か月間で終える。すでに五十数編の作品を書いていた三島にとって、この機を逃すことはできないという直感が働いたのであろう。安定した仕事と収入を捨て、背水の陣で取りかかったのが『仮面の告白』なのである。

『仮面の告白』は、「私」が主人公の「私小説」の形式で書かれ、周知のとおり、男の同性愛を描いている。タイトルに「仮面の」という修飾語が付いていても、主人公の「私」がすなわち作者だと思わない読者はいないであろう。よくいわれるように、想像力だけで、この小説にあるような一人の男の幼少年期の同性愛に関わる秘事を、微に入り細を穿って書けるものではない。しかも主人公「私」の家庭環境や来歴も三島のそれとぴたりと重なっている。

『仮面の告白』は三島の姿をくまなく写し取っている。それ故、この小説を発表するに当たり懸念があったとすれば、三島由紀夫＝男色作家の烙印を押されることであったろう。当時の社会は男色に対して今日ほど寛容ではなかった。三島は否応なく予防線を張らざるを得なかった。三島がとった対策は、『仮面の告白』の単行本に添えられた月報に「『仮面の告白』ノート」と題する一文を載せたことである。刊行後に予想される世間の好奇な目に対抗するために先手を打ったのである。

「『仮面の告白』ノート」（以下「ノート」と記す）は、総字数が八百字足らずの短文である。読者を煙に巻くような、それでいてなるほどと妙に納得させられてしまう、実に不思議な、手のこんだ文章となっている。三島苦心の作といっていい。修辞を凝らした箴言風の五つの句が連なるが、一読して腑におちるようなものではない。一文全体が逆説につぐ逆説によって書かれ、読者を迷宮へ誘い込むような、実にわかりにくい文章である。ところが、にもかかわらず案外の説得力を持っているのは、気の利いた比喩と、一見論理的に展開する文体があるからといえよう。総じて三島のエッセイは、自分の内心の機微に筆先が及ぶときには、逆説や暗喩等を多用して、読者の目をくらませてしまう傾向がある。それでも多くの読者が三島の文章に魅力を感じるのは、そこに発揮される筆力のためだが、この「ノート」はその典型である。

「ノート」は、内容的に前半の四つの句と後半の一つの句とに分かれている。まず、前半部冒頭の句は、次のとおりである。

この本は私が今までそこに住んでいた死の領域へ遺そうとする遺書だ。この本を書くことは私にとって裏返しの自殺だ。飛込自殺を映画にとってフィルムを逆にまわすと、猛烈な速度で谷底から崖の上へ自殺者が飛び上って生き返る。この本を書くことによって私が試みたのは、そういう生の回復術である。

出だしからして、まさに逆説の花ざかりである。それでも、なんとか読み取れたような気分にさせるのは、文中の《飛込自殺を映画にとってフィルムを逆にまわすと》云々の一節が的確に挿入されているからだが、かといって、この一句全体の意味がはっきりするかというと、あやしいかぎりである。全体がシンボリックに書かれているので、読む側としてはなかなか本丸へ踏み込めないもどかしさを覚えるが、それが三島の計算なのであろう。

しかし、とっかかりがないわけではない。「ノート」の前半部の四句目の文章で、三島は自分自身を素描して、《私は無益で精巧な一個の逆説だ》と書いている。であれば、「ノート」自体も一個の逆説だとみなせよう。つまり、「否定することは肯定すること」「大きいは小さい」というような逆説の論理が、「ノート」全体に及んでいると類推してもさしつかえないはずである。そこで、右に引用した冒頭の句を、同性愛者の側からみた世界だと仮定し、どのような解釈が可能か試してみよう。但し《飛込自殺を映画にとって》以下は文字どおりに読めばいいので省略する。さて、こうである。

「この本は、私がそこに住んでいた異性愛者にとっては生の世界だが、同性愛者にとっては死の世界へ遺そうとする遺書だ。この本を書くことは、同性愛者の私にとっては、これまでの死の世界に訣別して、本当の自分自身の生を取り戻そうとすることだ」

このように、三島を同性愛者のサイドに立たせてみると、すんなりと意味の通る文章に様変わりする。右の解釈が妥当性を持つなら、三島を同性愛者とみなしてもなんらおかしくない。三島は逆説を弄して韜晦《とうかい》しながらも、自分の同性愛を肯定しているのである。そこには自分自身に対して嘘をつけない三島がいる。

一方、その真実に対して反論する、もう一人の三島もいる。ありていにいえば、世間に慮《おもんぱか》る三島がいる。あとで引用するが、「ノート」の後半部に当たる五句目の文章がそれである。つまり「ノート」の前半部と後半部は対立している。言い換えれば、自分に正直でありたい三島と、世間に対してなんとか帳尻を合わせたい三島とがせめぎあっている。その相剋が目にみえる形で表出されているのが、前半部の「私」と後半部の「私」との間のズレである。どちらの「私」も本来同一の人間として語られる「私」でなければならないのに、一個の「私」として統合されていない。つまり、前半の「私」は同性愛者サイドの価値観に立った「私」として、後半の「私」は異性愛者サイドの価値観に立った「私」として、巧妙に使い分けられているのである。一個の私の中に、異なった価値観の上に立つ二個の「私」が併存し、それぞれの場面で顔を出す。このように二つに分裂した「私」をめぐって、三島自身の内部でなにかが生じたとしても不思議ではない。

さて、肝心の五句目の文章は、こうである。

多くの作家が、それぞれ彼自身の「若き日の芸術家の自画像」を書いた。私がこの小説を書こうとしたのは、その反対の欲求からである。この小説では、「書く人」としての私が完全に捨象される。作家は作中に登場しない。しかしここに書かれたような生活は、芸術の支柱がなかったら、またたくひまに崩壊する性質のものである。従ってこの小説の中の凡てが事実にもとづいているとしても、芸術家としての生活が書かれていない以上、すべては完全な仮構であり、存在しえないものである。私は完全な告白のフィクションを創ろうと考えた。「仮面の告白」という題にはそういう意味も含めてある。

右の文中の『仮面の告白』の作者としての「私」は、異性愛者サイドに立った「私」である。なぜなら『仮面の告白』を自己解説して、《すべては完全な仮構であり、存在しえないものである。私は完全な告白のフィクションを創ろうと考えた》と言明しているからである。これは明らかに作者である「私」の同性愛を否定した、異性愛者サイドに立った物言いである。私小説では作者と作中の主人公の「私」とが同一視されて、作者＝「私」として読まれるのが前提になっている。それに対して、三島は弁明した。『仮面の告白』の主人公の「私」は、そのような「私」ではない、あくまでフィクションの「私」である、と。要するに異性愛者として反論しているのである。

だが、それ以上にここには詐術というか、論理のすり替えがみられる。三島は右の引用文において、多くの作家が若き日の芸術家の自画像を書いたが、自分が『仮面の告白』を書こうとしたのは、その反対の欲求からだと述べている。裏返せば、ある人物の若き日の出来事を一人称の「私」で書き、意図としては「若き日の芸術家に非《あら》ざる人間の自画像」、つまり芸術とは縁のない人間、仮にMとすれば、Mだけが書き得る自画像を書こうとした、ということになる。ここまでは論理的に筋が通っている。しかし、そこへ奇妙な、釈明のようなものが入り込んでいる。たとえば、《ここに書かれたような生活は、芸術の支柱がなかったら、またたくひまに崩壊する性質のものである》と述べている。しかしMの前提は、芸術とは縁のない人間だったはずである。それなのに、《芸術家としての生活が書かれていない以上、すべては完全な仮構であり、存在しえないものである》と、本来芸術家ではないはずのMをいつのまにか芸術家に仕立て上げてしまい、そのMの芸術家としての生活が書かれていないので、《すべては完全な仮構であり、存在しえないものである》と述べている。非芸術家Mが知らぬ間に芸術家Mにすり替わっているのである。さらにいえば、非芸術家Mの位置に作者の三島自身をすべり込ませているのである。なぜ、そのようなすり替えをするのか。まるで思考のアクロバットである。理由はただ一つ。この小説が同性愛者の「真実の告白」だと思われたくないからである。「真実」のアンチが「仮面」なのである。「ノート」は小説『仮面の告白』の釈明書なのである。しかし、本当の問題はそこにあるのではない。

本当の問題とは、そのような文書を添えなければならなかった『仮面の告白』の刊行が持つところの意味である。『仮面の告白』は三島の作家人生に転機をもたらした。ベストセラーになったから転機なのか。文壇的名声を手にしたという点ではそうである。しかし、それだけのことなのか。もっと本質的な意味において、三島由紀夫という作家が、その刊行で得たもの、失ったものはなになのか。それが問われなければならない。

三島由紀夫はペンネームである。本名は平岡公威《きみたけ》という。ペンネームを使い始めたのは、学習院高等科四年（十六歳）のときに書いた小説『花ざかりの森』が、国語担当の恩師清水文雄を介して、国文学系の雑誌「文芸文化」に掲載されたことがきっかけである。だが、同誌に掲載するには本名を伏せる必要があった。二つの理由が挙げられている。一つは、「文芸文化」は学習院とは無関係の雑誌なので、高等科の在校生が実名で掲載されるのは、差しさわりがあるとの配慮があったから。もう一つは、公威少年が文学に熱をあげるのを、父親の平岡梓が猛烈に反対していて、うかつに実名を文芸関係の雑誌に載せられないとの事情があったからだといわれている。公威少年は父親の目を盗んで小説を書いていた。いずれにせよ、好むと好まざるとにかかわらず、必要に迫られて、三島由紀夫をペンネームにしたというわけである。

「仮面」には、祭や劇等で顔につけるものという意味のほかに、真実を隠すためのみせかけという抽象的な意味がある。まさしく公威少年は三島由紀夫という仮面をペンネームにして、そこに自分の本当の姿を隠したのである。このように公威少年は、父親とのトラブルを未然に防ぐ必要上、三島由紀夫というペンネームを仮面に採用した。

公威少年にとって、三島由紀夫というペンネームは好ましかったのであろう。なぜなら、東大法学部への進学を機に、父親は息子が小説を書くことを黙認し、仮面をつける必要がなくなったにもかかわらず、戦中そして戦後になっても一貫してそのペンネームを使い続けたからである。もし気にいらなければ、いくらでも変更する機会があったはずである。その事実が三島由紀夫というペンネームに対して親和的であることの、なによりの証拠となろう。

ところが、「ノート」が本名（平岡公威）とペンネーム（三島由紀夫）との親和的関係を引き裂いてしまうのである。この点に関して、『仮面の告白』自体になにか原因となるようなものがあったわけではない。原因は、書いた本人、作者の三島にあった。三島は「ノート」の後半で、次のように書いていた。

《この小説では、「書く人」としての私が完全に捨象される。作家は作中に登場しない》

作家が作中に登場しないということは、主人公の「私」は、私小説の「私」とは違って、架空の人物ということになる。つまり三島は「私」という架空の人物を設定し、その人物の仮面をつけて、『仮面の告白』を書いたといっていることになる。先の引用文では、それをくどいくらい言葉を換えては繰り返している。が、そうなると、「お前こそ、一体自分をなにものと思っているのか」と嘲笑う声を、ほかならぬ三島本人が内心の声として聴いたのではないか。

そもそも三島由紀夫はペンネームで、それ以上のものではない。あくまでもみせかけのものでしかない。そういう虚なる人物が、さらに架空の人物である「私」という仮面をつける。仮面の上に、さらにもう一つ仮面をつけることになるわけだが、下のほうの仮面、すなわち三島由紀夫という仮面が、《私は完全な告白のフィクションを創ろうと考えた》と表明する。そうなると、三島由紀夫を名のる仮面は、現実に生きる人間のように振る舞わなければならなくなる。なぜなら仮面をつける資格があるのは、生身の人間の顔だけだからである。真実を隠すためのみせかけが仮面の役割だから、本来、仮面がさらに仮面をつけることはない。三島由紀夫は「私」という仮面をつけたために、三島由紀夫という生身の人間の如く自立しなければならなくなったのである。

それはこれまでの三島由紀夫（仮面）＝平岡公威の親和的関係の否定を意味する。結果、平岡公威から分離した三島由紀夫は、新たな一個の人格として自分自身の言葉を紡ぎ出す。反面、代償として失ったものが、生活のリアリティである。それまでの三島にとって、生活のリアリティの源泉こそ、家族を持ち、職場を持ち、隣人との付き合いを持ち、市井の人として生きる平岡公威その人であった。平岡公威から分離することは、その源泉を失うことを意味した。このことを端的に示すのが、三島の小説にまとわりつく評言の一つ、すなわち実在感の希薄さである。

たとえば三島は昭和三十一年（一九五六）、三十一歳のとき、『金閣寺』を発表したが、直後の小林秀雄との対談で次のように評された（対談「美のかたち――『金閣寺』をめぐって」「文藝」一九五七・一）。

小林　……で、まあ、ぼくが〔『金閣寺』を〕読んで感じたことは、あれは小説っていうよりむしろ抒情詩だな。つまり、小説にしようと思うと、焼いてからのことを書かなきゃ、小説にならない。つまり現実の対人関係っていうものが出て来ない。君のラスコルニコフは、動機という主観の中に立てこもっているのだから、抒情には非常に美しい所が出て来るわけだ。〔略〕つまりリアリズムってものを避けてね、実体をどうしようというような事は止めてね。何んでもかんでも、きみの頭から発明しようとしたもんでしょ。

三島 ええ。〔略〕

小林 でも、ぼくはあれは小説だと思わないんだ。

三島 ええ、ええ、わかります。

小林 小説の定義次第ですけどね。そうなると、いつも困る問題になっちゃうなあ。だから、あの中に出てくる人間だって、妙なビッコの人間だって、それからあの妙な女だって、あの小説で何んにも書けてもいないし、実在感というようなものがちっともない、そういうのは見方によるんでね、一種の抒情詩みたいなふうに読めば、あれ一つ一つに何か鮮やかなイメージがあるだろう。

右の小林の一連の指摘は、三島が「私」という架空の人物の仮面をつけたために失ったものを、あまさずつまみ出している。三島は「ノート」の中で、「私」が主人公であるところの完全な告白のフィクションを創ろうと考えた、と釈明した。そこでの意図は、「私」という主語で描いた平岡公威の自画像（三島由紀夫の本体）を、「私」という主語で描かれたフィクションの形に衣裳替えして、作者自身に男色の偏見が及ばないようにすることだったはずである。だがそれによって、三島は自分の本体をかげろうのようなものにしてしまうことになった。自分が自分であるべきところ

〈居場所〉を失ってしまったのである。小説の実在感なるものは、作家の持って生まれた感性を触媒として表現されるものであろうが、その回路を自ら絶ってしまった。三島が「論理」を好むのは、平岡公威との回路を失ってしまったことに帰せられよう。論理に求められるのは抽象的思考であり、生活感情を除外できるからである。

小林秀雄が目の前で、三島が欠落させているものをずけずけというのを、表向き殊勝にうなずき返し、あえて反論しなかったのは、それが自分の弱点だと知悉していたからであろう。と同時に、それと引き替えに手にしたものが「論理」であることを、わかり過ぎるほどわかっていたのであろう。というよりも、三島が平岡公威との別れに際して唯一継承したものが、平岡公威に内在する論理的思考だったというべきかもしれない。三島は小林の直言に対して、曖昧模糊な返事を繰り返している。その無言の行間から感じられるのは、論理の世界に居座るしかなくなった三島の、失なったものへの哀惜の思い、といったようなものである。「小林さん、そんなことは先刻承知してますよ……」という内心の声が聞こえてきそうである。その論理を自己弁護の武器にして、強引に世間の好奇の目を押し切ろうとしたのが「ノート」なのである。

三島には、その論理への愛着を語った次のような二つの文章がある。

本学〔東京大学〕の法科学生であったころ、私が殊に興味を持ったのは刑事訴訟法であった。団藤重光教授が若手のチャキチャキであった当時のこととて、講義そのものも生気潑溂としていたが、「証拠追求の手続」の汽車が目的地へ向かって重厚に一路邁進するような、その徹底

した論理の進行が、特に私を魅惑した。〔略〕
半ばは私の性格により、半ばは戦争中から戦後にかけての、論理が無効になったような、あらゆる論理がくつがえされたような時代の影響によって、私の興味を惹くものは、それとは全く逆の、独立した純粋な抽象的構造、それに内在する論理によってのみ動く抽象的構造であった。

（「法律と文学」『東大緑会大会プログラム』一九六一・十二）

私は狂人の世界に親しみを持ったことは一度もなく、狂気を理解しようと努力したことすらなかった。私が或る事件や或る心理に興味を持つときは、それが芸術作品の秩序によく似た論理的一貫性を内包しているときに限られており、私が「憑《つ》かれた」作中人物を愛するのは、私にとっては「憑かれる」ということと、論理的一貫性とが、同義語だったからである。そして論理的一貫性は、無限に非現実的になり得るけれども、それは又、狂気からも無限に遠いのである。

（「荒野より」「群像」一九六六・十）

三島は前者の引用において、自らの論理への嗜好を、《半ばは私の性格》と説明している。だが、『仮面の告白』とそれに付随する「ノート」は、持ち前の論理癖を創作の場だけでなく、自己の生存のあり方全般にまで徹底化させてしまうことになった。

『仮面の告白』と「ノート」、この二つが梃子のように働いて、平岡公威と三島由紀夫との親和的関係を逆方向へ引き裂いてしまった。つまり平岡公威の側からみれば、論理癖が自分自身を架空の人物にしてしまうことになった。結果、平岡公威は影の存在と化してしまった。一方、三島由紀夫の側から見れば、論理癖が本体である平岡公威を架空の人物にしてしまうことになった。結果、存在するのは三島由紀夫だけになってしまった。このときから三島由紀夫は、今日のわたしたちの知る三島由紀夫になった。つまり『仮面の告白』によって、平岡公威と三島由紀夫との親和的関係が破綻し、そこから生まれ出たのが、戦後文学のスーパースター、三島由紀夫なのである。

ところで、晩年の三島由紀夫のエッセイには、戦後社会を激しく呪詛するものと、十代を過ごした戦争時代をセンチメンタルに追想するものとがある。この二つはいわばコインの裏と表のようなものである。戦争時代へのノスタルジーが心を蚕食《さんしょく》するのに比例して、戦後批判は呪詛へと形を変えるのである。

では、三島の戦後に対する呪詛は、どういうふうに語られたか。

私の中の二十五年間を考えると、その空虚に今さらびっくりする。私はほとんど「生きた」とはいえない。鼻をつまみながら通りすぎたのだ。

二十五年前に私が憎んだものは、多少形を変えはしたが、今もあいかわらずしぶとく生き永らえている。生き永らえているどころか、おどろくべき繁殖力で日本中に浸透してしまった。それは戦後民主主義とそこから生ずる偽善というおそるべきバチルス〔元凶〕である。

（「果たし得ていない約束——私の中の二十五年」「サンケイ新聞夕刊」一九七〇・七・七）

これとは対照的に三島が晩年に募らせていったのが、戦争時代へのノスタルジーである。戦争時代のなにがそんなにも、三島を郷愁に誘ったのか。三島が戦後失ったものが、戦争時代にはあったからである。その失ったものについて、三島は昭和四十年（一九六五）前後から口にするようになる。前掲の昭和三十八年の連載「私の遍歴時代」等、①②③と例を挙げる。

①こういう〔戦争の〕日々に、私が幸福だったことは多分確かである。就職の心配もなければ、試験の心配さえなく、わずかながら食物も与えられ、未来に関して自分の責任の及ぶ範囲が皆無であるから、生活的に幸福であったことはもちろん、文学的にも幸福であった。批評家もいなければ競争者もいない、自分一人だけの文学的快楽。……こんな状態を今になって幸福だというのは、過去の美化のそしりを免かれまいが、それでもできるだけ正確に思い出してみても、あれだけ私が自分というものを負担に感じなかった時期は他にない。私はいわば無重力状態にあり〔略〕私の住んでいたのは、小さな堅固な城であった。

――そして不幸は、終戦と共に、突然私を襲ってきた。（「私の遍歴時代」）

②あとになって、ハタと気づいたのだが、戦争とはエロチックな時代であった。今巻に氾濫する薄汚ないエロティシズムの諸断片が、全部一本の大きなエロスに引きしぼられて、浄化されていた時代であった。そのことに当時気がついていなかったのだから、戦争中に死んでいれば、

私は全く無意識の、自足的なエロスの内に死ぬことができたのだ、という思いを禁じがたい。

（「私の戦争と戦後体験――二十年目の八月十五日」「潮」一九六五・八）

③それにしても「天皇陛下万歳」と遺書に書いてもおかしくない時代がまた来るでしょうかね。もう二度と来るにしろ、来ないにしろ、僕はそう書いておかしくない時代に、一度は生きていたのだということを、何だかおそろしい幸福感で思い出すんです。いったいあの経験は何だったんでしょうね。あの幸福感はいったい何だったんだろうか。僕は少なくとも、戦争時代ほど自由だったことは、その後一度もありません。

（『対話・日本人論』対談林房雄　番町書房　一九六六）

戦争はいまわしいものである。それが戦争に対するわたしたちの素朴な感情である。ところが三島においては、それがひっくり返っている。戦後を呪詛し、戦争時代こそ幸福感に満たされていたと、懐かしむのである。右の引用をみると、①から③へと年が下るに従って生活感の陰影が薄くなってゆくが、①の昭和三十八年（一九六三）に書かれたエッセイでは、戦争時代に生きた三島がどのように幸福感に満ちていたのかがよく理解できる。《就職の心配もなければ、試験の心配さえなく、わずかながら食物も与えられ》云々と、素直に自分の感情の襞へ分け入っている。そこにみられるのは、戦争という不安定な時代に生きた、一人の若者の素朴な生活感情である。そしてそこに生きた自分は幸福だったというのである。その自分とは、平岡公威と親和的関係を結んでいたときの三島由紀夫である。そのときの平岡公威の同性愛は、当然三島由紀夫の同性愛でもある。従って、当時書かれたいくつかの小説には、言語化されてはいなくても、平岡＝三島の同性愛が伏在していたはずである。それが地下水のように目にみえないかたちで作品に潤いを与えていたはずである。

終戦直後の三島は、時代思潮に対して周回遅れの小説を書いていた。それでも、たとえ戦中の美意識を引きずる学生文士とみなされていても、小説に伏在する同性愛によって、小林秀雄のいうような意味での実在感が担保されていたのではないか。

前述のとおり、敗戦から『仮面の告白』刊行までの間に四冊の単行本が出されている。それらは売れず、返本の山と化したようだが、若手作家として応分の実力は認められていたのである。新人作家の発掘に抜群の手腕を発揮した川端康成が、自家への出入りを許したのも、三島の稀有な才能を見抜いたからであった。それが『仮面の告白』を書き始める前までの三島である。つまり、晩年に戦争時代へのノスタルジアに駆られたのは、その時代に生きた三島由紀夫が平岡公威と分離せずに一体だったこと、両者が親和的関係にあったためではないか。三島が回顧する戦争時代の幸福感とは、戦争という時代状況そのものにあるのではなく、平岡公威と三島由紀夫とが完全に統合されていたことにあり、それこそが戦争時代であった、というべきであろう。

わたしたちのここでの問は、三島の自刃が、なぜ『仮面の告白』の起筆日の十一月二十五日でなければならなかったのか、ということであった。その答として、縷々述べてきたとおり、『仮面の告白』を書くことにより破綻してしまった、三島由紀夫と平岡公威の本来の関係への回帰願望が、この十一月二十五日の自刃には込められていた。これが『仮面の告白』の起筆日に当たるその日に自刃した理由である、と解釈できよう。

「問⑴　三島由紀夫は、なぜ十一月二十五日に自刃したのか?」の四つ目の答は、天皇霊掠取・横領説（思想家菅孝行の命名に倣う）というものである。この言説は柴田勝二《しょうじ》が『三島由紀夫　作品に隠された自決への道』（祥伝社新書　二〇一二）で提唱している。すなわち、三島は一九六〇年代後半から昭和天皇への批判を鮮明にしていた。昭和四十一年（一九六六）発表の『英霊の声』では、昭和天皇は二・二六事件と終戦直後の「人間宣言」において、二度にわたり神である自身を裏切り、皇軍兵士と国民を裏切ったと、真っ向から批判した。自刃の七日前に行なわれた文芸批評家古林尚《たかし》との対談「戦後派作家はかたる」（「図書新聞」一九七〇・十二・十二、一九七一・一・一／のちに「三島由紀夫最後の言葉」に改題）では、《ぼくは、むしろ天皇個人にたいして反感を持っているんです。ぼくは戦後における天皇人間化という行為を、ぜんぶ否定しているんです》と辛辣な言葉を投げつけていた。故に十一月二十五日という《その日が何らかの形で昭和天皇の軌跡と関連づけられているであろうことは容易に推察される》と柴田は指摘する。

昭和天皇は皇太子のとき、病の重い大正天皇の代役として摂政に就任した。裕仁二十歳、大正十年（一九二一）十一月二十五日のことで、三島の自刃した日と重なる。その五年後の大正十五年十二月二十五日に大正天皇の崩御、皇太子裕仁の践祚《せんそ》があり、「昭和」と改元された。先帝の喪に服したため、天皇裕仁が大嘗祭を含む即位の大礼に臨んだのは昭和三年（一九二八）の十一月である。ちなみに大嘗祭は「天皇霊」継承の祭祀である。先帝の身体に這入《はい》っていた天皇霊が、次帝の身体に這入る復活鎮魂の儀式、それが大嘗祭の本義である。つまり将来天皇になることを約束された皇太子であっても、正式な資格を得るのは、大嘗祭が済んでからである。折口信夫は、天皇の《御身体即、肉体は、生死があるが、此肉体を充す処の魂は、終始一貫して不変である。故に譬い、肉体は変っても、此魂が這入ると、全く同一な天子様となるのである》(「大嘗祭の本義」『折口信夫全集　第三巻』中央公論社　一九五五)と説いている。

しかし、柴田勝二は大正天皇の摂政になった皇太子裕仁について、こう述べる。

《裕仁は皇太子としての研鑽《けんさん》をつづける一方で、事実上天皇としての責務も担った。皇室と国民との距離を縮めるための宮中改革に取り組み、一九二三(大正十二)年九月の関東大震災時には被災地を視察し、自身の婚礼を延期する配慮を示すなどして、国民の信望を高めた。/こうした流れのなかで、裕仁が〈天皇〉の位置についたのはやはり一九二一年十一月二十五日という日であったといってさしつかえないだろう》(『三島由紀夫　作品に隠された自決への道』)

このように柴田勝二は、皇太子裕仁が摂政になった日に着目し、事実上そのときから天皇(=現人神)になったとみなす。そして、その十一月二十五日に、三島の自刃をリンクさせるのである。論拠となるのが、人は死ねば誰でも神になるという神道の考え方で、三島の十一月二十五日の自刃を、次のように解釈する(同書)。

《三島が一九七〇年のこの日にみずから命を絶つことは、それ自体「神になる」行為であったことに加えて、四九年前の同じ日に事実上〈神〉となった昭和天皇を押しのけて、自身が〈神〉の連続性を摑み取る点で、昭和天皇の神性を無化する行為でもあった。〈天皇を殺したい〉という三島の

願いは、確かに自決によって象徴的に成就されているのである》

だが、右の柴田説は、根本的に三島の考え方に背馳《はいち》したところで論が組み立てられている。柴田によれば、昭和天皇は《四九年前の同じ日に事実上〈神〉となった》というが、大嘗祭の本義に則《そく》せば、そのときの皇太子裕仁の身体は天皇霊を帯びてはいず、〈神〉ではなかった。その時点で、〈神〉たる資格の天皇霊を身体に帯びていたのは、依然として父帝の大正天皇である。その点に関して、三島は天皇の祭祀を重視していた。たとえば、先の古林尚との対談で、折口信夫の言説を髣髴とさせるようなことを語っている。

ぼくは吉本隆明の「共同幻想論」を筆者の意図とは逆な意味で非常におもしろく読んだんだけれど、やっぱり穀物神だからね、天皇というのは。だから個人的な人格というのは二次的な問題で、すべてもとの天照大神《あまてらすおおみかみ》にたちかえってゆくべきなんです。今上天皇はいつでも今上天皇です。つまり、天皇の御子様が次の天皇になるとかどうとかいう問題じゃなくて、大嘗会《だいじょうえ》と同時にすべては天照大神と直結しちゃうんです。

《大嘗会〔大嘗祭〕と同時にすべては天照大神と直結しちゃうんです》といっている。故に三島は、皇太子裕仁が摂政に就任した大正十年（一九二一）十一月二十五日という日については一顧だにしなかったはずである。それでも柴田勝二のいうように、三島が自ら神となって天皇霊の連続性を摑み取ろうとしたと考えるなら、自刃すべきときは、昭和三年（一九二八）十一月に催された即位の大礼において、その中心となる大嘗祭が行なわれたのと同日、十一月十四日から十五日にかけての深夜でなければならない。というのも上述の如く、大嘗祭こそ天皇霊の継承が行なわれる唯一の結節点だからである。柴田の説は、三島とは異なった土俵の上で相撲をとっているといわざるを得ない。

このように、三島由紀夫はなぜ十一月二十五日に自刃したのか？ という問には、四つの答をみることができた。改めてそれを振り返ってみる。

一つ目は、十一月二十五日が吉田松陰の命日であるということを根拠にする、村松剛の転生説。しかし松陰の実際の処刑日は、陽暦では十一月二十一日であった。従って村松説は誤答である。

二つ目は、小室直樹による転生説である。三島の誕生日は一月十四日だが、そこから逆算すると、十一月二十五日は丁度四十九日前に当たる。輪廻転生説では、死んでから四十九日目に生まれ変わる可能性がいちばん高いとされているので、三島は自分の誕生日に生まれ変わることによって、自分の生そのものを取り戻そうとした。この説は、輪廻転生説に準拠する限り、論理的に一貫している。

三つ目は、『仮面の告白』の起筆日が同じ十一月二十五日だったことに基づく転生説である。三島の作家人生において、『仮面の告白』の持つ意味はきわめて大きく、本来なら平岡公威の仮面にすぎない自分を、あたかも実体であるかのように振る舞わざるを得なくしてしまった。結果、自縄自縛におちいった三島は、『仮面の告白』を執筆する以前の、平岡公威と三島由紀夫との親和的関係を取り戻そうとした。『仮面の告白』の起筆日に自刃したのは、そのためである。これも二つ目の説と同じく、生まれ変わって自分の生をやり直すというものである。

四つ目、柴田勝二の天皇霊の掠取・横領説では、昭和天皇が皇太子のときに大正天皇の摂政に就任したことで事実上天皇となり、天皇霊も継承したとしている。しかしそれは大嘗祭の本義を考慮しておらず、根本的に三島が容認するはずのない見解である。自刃の謎を解くには、あくまで三島の論理の線上でなければ意味がない。三島をギャフンといわせることも出来ない。柴田説に対して、二つ目と三つ目の転生説がそれなりに意義を持つのは、たとえ観念論でも、誕生日と『仮面の告白』の起筆日という、ともに否定できない三島の個人史から引き出されているからである。

さて、十一月二十五日は三島が自刃した日であるとともに、誕生日の四十九日前でもあり、『仮面の告白』の起筆日でもあった。その二つの事実が、自刃した日の背後に隠されていたことをわたしたちが知ったのは、当然三島の自刃後である。しかも小室直樹が、三島の死んだ日と『豊饒の海』の主題である輪廻転生の結びつきを指摘したのは、なんと十五年後のことである。ところが、事前にその二つの事実を知り得た人物が一人だけいた。誰かといえば、当の三島である。

小室の発見は、『豊饒の海』を書いた三島には先刻承知だったはずである。また、『仮面の告白』の起筆にしても、当時の三島にとっては作家生命を賭けたものだっただけに、その予定日を記した坂本一亀への書簡を、失念していたとは到底思えない。十一月二十五日には二つの事実が重なっていることを、三島はあらかじめ知っていて、その日の自刃を決めたと考えられるのである。

三島は楯の会の主宰者として、会を自分の思いどおりに動かすことができた。とりわけ諸行事は三島がすべて企画立案し、会員が事後承諾する形をとっていたはずである。松本徹編著『年表作家読本　三島由紀夫』（河出書房新社　一九九〇）によれば、《決行の日》が十一月二十五日と定められたのは、四か月前の七月五日である。その日、《山の上ホテルに三島と森田ら三人が集まり、決行の日を十一月の楯の会の例会の日と決めた》。これを文字どおり読めば、例会の日に合わせて決行日が定められたことになる。しかし、楯の会は三島主導の組織なのだから、逆のこともいえるはずである。つまり、どんな組織、団体であれ、年間スケジュールは年度末の三月に立てられるのが世の通例である。楯の会も昭和四十三年（一九六八）十月に発足して二年目ともなれば、行事予定も三月に立てられたと考えられる。立案者は立場からして三島本人であろう。であれば、三島はまず最初に決行日を十一月二十五日とし、それに合わせて月例会等の年間スケジュールを立てた、ということもあながち否定できまい。仮に十一月二十五日の決行日が、自分の誕生日の四十九日前に当たることにも、また『仮面の告白』の起筆日に当たることにも気づかずに定められたのだとしたら、偶然の一致だったことになる。それならそれで、まさしく伝奇小説を地でゆくような因果の連鎖だが、しかしそんなことがあの三島にあり得るのか。三島は承知していたはずである。逆にいえば、二つの事柄が重なっている日に、さらに自分の死も重ね合わせたと考えるべきである。

右にみたとおり、十一月二十五日には三つの事柄が重なっている。

a　誕生日の四十九日前の日
b　『仮面の告白』の起筆日
c　自刃の日

右の三つのうち、ｃは三島が命を捨てた日なので、ａとｂに合わせて決定された日ということになる。では、ａとｂとが同日であるのは、それこそ偶然の一致なのか。そうではあるまい。ｃと同じく、ｂもａに合わせて決められた日である可能性が高い。なぜなら、ａは動かしようのない日だからである。

そもそも誕生日は誰にとっても所与の日であり、戸籍を書き換えない限り、人を一生涯支配する日である。ａはそういう確定された日を基準にしている。反対にｂには恣意が入り得る。大澤真幸の指摘のように、『仮面の告白』の起筆日は、もしかしたら十二月だったかもしれない。故に自刃が十一月二十五日でなければならなかったのであれば、理由として最も相応しいのはｂよりもａである。すなわち、その日が誕生日の四十九日前だったから、ということになる。これを補足してくれるのが大澤真幸の次の指摘である（『三島由紀夫　ふたつの謎』）。

《「花ざかりの森」を『豊饒の海』と並べてみたくなる理由が二つある。第一に、「花ざかりの森」は、『豊饒の海』ほど厳格ではないが、輪廻を、作品全体を貫く装置として活用しているのだ。言い換えれば、「花ざかりの森」は、複数の主人公をもち、彼らは、厳密には輪廻そのものではないが、輪廻に類する契機によってつながっている》

『花ざかりの森』は三島が十六歳のときに書いた作品である。三島の少年時代は、仏教行事である四十九日の法要の意味が今日のようには見失われていなかった。人は死後、それきりになるのではなく、生まれ変わるという輪廻転生の考えが、生活の中に浸透していた。そういう宗教感情を背景に『花ざかりの森』は書かれたのである。真剣に自殺を考えるようになった早熟な三島が、最愛の母倭文重《しずえ》の胎内に再び宿り、自分自身の誕生日に生まれ変わることを願って、決行するなら十一月二十五日にしようと思いつくまでには、さして時を要さなかったであろう。後述するが、実際にエッセイ「芥川龍之介について」(一九五四)の中で、自殺を考えたことがあると明かしている。若き日、少年期の三島が自殺を考えたとき、決行日まで定めていたと推測するのは勇み足であろうか。

三島は『仮面の告白』の執筆に入る前に、河出書房の坂本一亀へ手紙を出していた。そこに、起筆は十一月二十五日を予定し、題は『仮面の告白』にすると書いた。律義な性格を表しているともいえるし、新作に賭ける意気込みがひしひしと伝わってもくる。しかし読みようによっては、自殺日を予告したものと考えられなくもない。つまり、原稿の進捗状況を相手に知らせたいのであれば、そこまで日にちを限定せずとも、「十一月下旬」と記すだけで済む話ではないか。坂本にしても締切までに書き上げてくれさえすれば、起筆日などいつでもかまわないはずである。そういう作家と編集者の間の阿吽《あうん》の呼吸を知らぬ三島ではあるまい。

要するに、こういえるのではないか。書き下ろしの『仮面の告白』が失敗作と烙印を押され、さらに男色作家として社会から葬られた場合、三島は自殺を考えていた。それもたんなる自殺ではなく、『仮面の告白』の起筆日に自殺するというものであった。後日、三島のその思惑を証明してくれるのが、坂本一亀宛ての手紙である。三島の自殺した日が『仮面の告白』の起筆日であることに、担当編集者の坂本が気づかぬはずがない。坂本の発見は直ちに文壇ジャーナリズム、ひいては世間の話題をさらう。弱冠十六歳で『花ざかりの森』を書き、二十四歳にして長短含め五十数編の小説を書いた若き小説家の短命な生涯に照明が当てられ、世間はその死を夭折として惜しみ(夭折は世間の認知あっての夭折である）、三島は伝説化されることになる。三島の年来の夭折願望が実現するのである。十一月二十五日の自殺は、一旦はそういう筋書きのもとで考えられたのではないか、ということである。

では、三島は坂本一亀宛ての手紙を書いたとき、どういう方法の自殺を思い描いていたのであろうか。それを知る手掛かりとなるのが、『仮面の告白』に先立って書かれた短編小説『岬にての物語』（「群像」一九四六・十一）と単行本『仮面の告白』に添付された「『仮面の告白』ノート」である。先に結論をいうと、この二つに共通するのは、断崖からの飛込自殺である。ほぼ時を同じくして、飛込自殺が二つの角度から描かれているのである。前者は幻想として、後者はフィルムの逆回転の映像として。

『岬にての物語』は物語に入る前に、作者のある想念が語られる。幼少期の作者には一日の大半を費やしても飽きない夢想癖があった。それを心配した祖母と父親は、少年の身の周りにあって、少年を夢想へ誘うと思われる千夜一夜譚やグリム童話集や人形や宝石函等、そのすべてを没収した。しかし祖母と父親がふるった強権は、その思惑とは裏腹に、却って少年の夢想に新たな飛翔力を与えてしまう。その帰結を作者は、こう述べる。

今まで受身一点張であった夢想からぬけ出して、私は夢想への勇気を教わった。千夜一夜譚は与えられた書物に俟《ま》つべくもなく、私自身の手で書かれるべきであった。

つまり作者は、このあとに描出される一組の男女の飛込自殺についても、自身の夢想から生まれた幻想譚だと前置きしているといえる。だがこの小説はたんにそれだけにとどまらず、作者の潜在願望を、一組の男女に入れ替えることによって成就させた物語でもある。

主人公は十一歳の三島とおぼしい少年である。夏季休暇の期間中、家族とともに房総半島の一角にある漁師町に来ている。海岸には海水浴の出来る砂浜があり、妹が水遊びに興じていても、少年はそれを横目に一度も海に入ったことがない。一家にはオコタンと呼ばれる書生が少年の水泳教授のために付いて来ているが、いまはあきらめ顔である。少年のすることは波打ち際の湿った砂でお城を作っては壊すことと、砂浜に立てた傘の下で持参した書物を読むことである。やがて夏も終わりに近づいたある日、浜へ出た少年は見守り役のオコタンに自由に泳ぐ許可を与え、自分は洋服に着替えてしまう。オコタンが波間に泳ぎ出すのを確かめると、少年は浜を離れ、目に美しいと映じる岬へ向かって歩き出す。岬の中腹に少年の好きな弁財天の社があり、社殿のうしろには岬の頂きへ通じる小道が隠れている。少年の目的は岬の頂きに出て、そこの巌《いわ》に凭《もた》れて海を眺め、潮騒に耳を傾け、夢想にふけることである。その日少年は、遥か下方の巌根に打ち寄せる波濤《はとう》の響きに誘われて、次のように夢想する。

――私はそこに潮《うしお》のさし引きする洞穴があるのを知っていた。そこは漁師たちの生簀《いけす》になっていた。無数の小穴のあいた平滑な巌の上を、幻の虫たちのように船虫が行き交うていた。一日、轟く飛沫に足を濡らして、私は自分の幼ない頭脳のありたけで、海に立ち向おうとしていた。

支えきれない海を支えようとしていた。かかる時こそ、何ものかがあそこで求め誘《いざな》い呼ばわっているのと私は真率に感ずるのだった。それに存分に応えることは何か極めて美しいこと然し人間のしてはならないことだと思われた。……――私は夢想から醒めた。

右の傍線部①は少年の自殺衝動を視点を変えて、海からの誘いとして言い換えたものであろう。それは美しいことだが、《してはならないこと》なのである。だからこそその自殺衝動は、なんらかのかたちで昇華されなければならない。すなわち傍線部②《私は夢想から醒めた》は、逆の意味に解さねばならない。少年の真の夢想はまさしく《醒めた》ところから始まるのである。少年のさらなる夢想は美しく若い一組の男女を呼び出す。二人は少年の身代わりに、《求め誘い呼ばわっている》海へ人身御供として差し出されるのである。

この小説の第二幕は少年が《夢想から醒めた》ところから始まる。少年は夢想から醒め、身を凭《よ》せていた巌の背後遠くに荒廃した洋館を見出す。しかもそのあたりからなにか鳥の声に似た音がするので、廃屋めざしてまっすぐに草叢をかき分けてゆく。だが、目の前にみえて来た洋館との間に、深く切れ込んだ海の峡谷が大きく口を開けているのに気づく。洋館へ至るには鋭角にえぐられた断崖に沿って弧を描くようにのびる小径を回って行かねばならない。岬は砂浜からの眺めとは様子が違って、俯瞰すれば双頭のような形状になっていた。少年の行く手をさえぎった海の峡谷は、二つの世界の境界としての意味を持たされている。弁財天の社がある岬は現実世界を表象し、荒廃した洋館があるもう一つの岬は夢想の世界を表象している。少年はその朽ちかけた洋館の中で青年と少女のカップルに出会うのである。

三人は岬の先端に出て隠れんぼをする。その遊びを提案した少女が最初に鬼になり、次に少年が鬼になった。少年は松の幹へ面《おもて》を伏せて数をかぞえ始める。少年は知っていた。こうして数をかぞえている間に、二人が断崖のはるか下方の海面へ身を投じることを。少年は面を上げ、自分のほかには誰もいなくなった岬の頂きを鬼になって走り回り、二人をみつけ出そうとする。それは二人への葬送の儀礼にほかならない。

弁財天の境内へ下りて来た少年は、突然砂浜で姿を消した自分を探しあぐね、石のベンチにぼんやり腰かけているオコタンをみる。オコタンは少年に気づくと跳び上がり、少年を抱き上げる。オコタンの激しい抱擁が、少年を夢想の世界から現実世界へと引き戻す。それに相応しい場所こそ、漁師町を守護する弁財天の境内ということになろう。

少年はのちのちまで投身自殺の夢想を手放さなかった。作者は、こう綴る。


何ゆえか此度《このたび》の事ばかりは、私には親のみか私以外の人に決して語ってはならず、又それを語らざることに喜びと勇気をもてと、黙契に似た無言のやさしさで教えるように思われた。

作者はいささかの躊躇もなく投身自殺の幻影に頰擦りしている。むしろ一種、切札としてその幻影に未来を託しているかのようである。そして再びそのイメージが現われるのが、前述の『仮面の告白』ノート」冒頭の句においてである。そこでは「自殺」という語が三回使われていた。繰り返しになるが、引用する。

この本は私が今までそこに住んでいた死の領域へ遺そうとする遺書だ。この本を書くことは私にとって裏返しの自殺だ。飛込自殺を映画にとってフィルムを逆にまわすと、猛烈な速度で谷底から崖の上へ自殺者が飛び上って生き返る。この本を書くことによって私が試みたのは、そういう生の回復術である。

ここにみられる《裏返しの自殺》《飛込自殺》《自殺者》という一連の言い回しは、実際に作者が「飛込自殺」という切札を手にしていたからこそ可能な表現であるように思われる。「ノート」が『仮面の告白』の弁明書の意味合いをもって書かれた以上、それらはたんに作者の辞書の中から機知に富んだ修辞的表現として選択された言葉ではあるまい。そういう理知の作用による表現というよりは、作者の心裏にくいこんだ想念の反照というべきものであろう。

以上のように、三島の昭和四十五年（一九七〇）十一月二十五日の自刃は、遡ること二十一年前の『仮面の告白』刊行の際、その後の選択肢の一つとして用意された自殺の再現だったといえなくもない。但し、それはあくまで十一月二十五日についてのみ、あてはまる。なぜ昭和四十五年なのか、すなわちなぜ四十五歳の死なのか、という問には答えていない。本書のテーマは、そこにこそある。

第二章　奇妙な年齢

設問⑵　三島由紀夫は、なぜ四十五歳（昭和四十五年）のときに自刃したのか？

この問に関連して印象深い記事は、三島の論敵だった文芸批評家の野口武彦が《奇妙な年齢》と表現した次の文章である（「三島文学の宿命」『三島由紀夫と北一輝』福村出版　一九八五）。

《年を享けること四十五歳。夭折と呼ぶにはいささか老いすぎ、老大家の列に加えられるにはまだ若すぎる、男ざかりともいうべき奇妙な年齢で、三島由紀夫はみずからの死を急いだ。ふつうなら四十五歳といえば、巨人的な力量を持つ作家たちが畢生の仕事を今後に期して、それぞれ自己のファウストに、あるいはカラマゾフに向って成熟してゆくべき年齢である》

野口武彦は三島の壮絶な死に方と四十五歳という年齢の取り合わせに思いを馳せたとき、《奇妙な年齢》としかいいようのない印象を抱かざるを得なかった。もっともそれは野口一人だけの感慨ではない。ほとんど誰もが似たような受けとめ方をしたことが、三島事件をめぐる諸家の文章からうかがえる。とはいえ自刃それ自体の衝撃度の大きさによって、《奇妙な年齢》は遠景にかすんでしまったようである。野口はその後も三島の死について批判的見地から数編の論文を書いた。だが、《奇妙な年齢》に言及することはなかった。総体的に《奇妙な年齢》は手つかずの謎として持ち越されたのである。

三島の自刃から半世紀が経た。この間、三島の「奇妙な年齢」に関する論考がなかったわけではない。管見によれば、一つある。安藤武著『三島由紀夫の生涯』(夏目書房　一九九八)である。

神だった昭和天皇が自らの神性を否定し、人間宣言を行なったのは昭和二十一年(一九四六)一月一日である。そのとき昭和天皇は四十五歳であった。しからば神になったのはいつかというと、大正十年(一九二一)十一月二十五日である。根拠はその日、皇太子裕仁(昭和天皇)が病気の大正天皇の摂政として公務を代行することになったからである。皇太子といえども庶民と同じく人であり、天皇に即位しない限り神になることは出来ないが、その日から皇太子裕仁は大正天皇の代行として実質的に神になったというわけである。安藤説によると、故に昭和天皇に対する批判者だった三島は、昭和天皇が神から人になった年齢(四十五歳)で、人から神になった日(十一月二十五日)に、自分が死んで神になれば(この考え方の背景には、誰しも人は死ねば神になるという民俗的宗教観がある)、後継者として永遠に存在することが出来ると考えた。それが四十五歳のとき、十一月二十五日に、三島が自刃した理由だというのである。

この安藤説は前章で取り上げた柴田勝二の言説に似ている。事実柴田は、安藤説を自説の先行論に当たると認めているが、一方で三島が《〈神〉として「永遠の生」を得ようとしたのであれば、とくに昭和天皇が〈神〉でなくなった年齢や、彼が摂政になった日に自分の最期を合わせる必要はなかったといえよう》(『三島由紀夫　作品に隠された自決への道』)と安藤説を批判している。然り、安藤説は牽強付会でもある。それに対する柴田勝二の「天皇霊の掠取・横領説」は、「天皇霊」という概念を導入することで、安藤説を論理的に筋の通った言説として一新したものといえよう。

安藤説と柴田説はともに、皇太子だった昭和天皇が父大正天皇の摂政になったことに着目し、その時点で神の継承がなされたという考えに立っている。それはそれで否定されるべき考えではないが、三島の問題意識からは逸脱している。両者の説は、三島が否定した政治的天皇の権力継承を切り口にして、三島の死を説明しようとしたものである。だが先に述べたように、皇位継承にともなう神としての天皇に論点を絞ろうとするなら、大嘗祭を避けて通ることは出来ない。両説とも天皇の天皇たる所以《ゆえん》の視点が抜け落ちているのである。要するに三島は、皇太子裕仁が大正天皇の摂政になった時点で天皇霊が継承されたとは考えていなかった。三島の視野の外にある事象を持ち出して来ても意味がないということである。

三島の自刃は四十五歳のときに決行された。だが、なぜ四十四歳でもなく、四十六歳でもなく、四十五歳だったのか。偶然か、はたまた必然か。後述することになるが、当時の政治状況において、三島が自刃を目的にそのタイミングを探っていたとすれば、最も相応しい時期は新左翼・全共闘運動が高揚期を迎えていた昭和四十四年（一九六九）、すなわち四十四歳のときだったはずである。しかし三島は動かなかった。それもあえてやり過ごしたという感が強い。なぜ四十五歳まで持ち越したのか。

村松剛は、三島の死の翌年に前掲書『三島由紀夫――その生と死』を刊行した。三島の自刃直後から求めに応じて雑誌に発表したエッセイが中心の、万感の思いを込めた追悼の書である。村松は晩年の三島と密接な交流があった。三島がどうみていたのかはともかく、村松は二人の関係を水魚の交わりのように思っていたようである。同書の「あとがき」に、《三島氏はある時期までは、ずいぶんいろいろなことを打明けて相談してくれていました。ある時期というのは、昭和四五年の春ころです》と記している。村松はエッセイの随所で、友人として三島の自死を止められなかったことを悔い嘆いている。とともに一文筆家として、二人の間で交わされた三島本人の自死に関連する発言を、逐一正確に写し取ろうとしている。三島の晩年の生《なま》の声を知るには貴重な文献の一つで、身近にいた人物の証言として価値がある。その点、同じく村松が三島の死から二十年を経て刊行した『三島由紀夫の世界』（新潮社　一九九〇）とは対照的である。そこでは三島の肉声は濾過されて、整序された声だけが聞こえるからである。

村松剛が書き留めた三島の発言の中で最も印象深いのは、三島があけすけに語っている自刃の時期である。『三島由紀夫――その生と死』より抜き出す。

①《一九七〇年、四十五歳で死ぬと、三島氏はもうずいぶんまえから半分冗談めかして、口ぐせのようにいっていた》（「追悼」一九七一・十一・三十）

②《七〇年の安保条約改訂期《ママ》には、相当の騒ぎが起るのではないか、といわれていた。七〇年の六月には斬り死にすると、氏はだれに会ってもいっていた》（同右）

③《〔『豊饒の海』の〕第一部は明治、第二部は昭和の右翼、第三部はタイの王女と主人公が変って、三人の主人公がみんな生まれ変りなんだけれど、自分では気がつかない。そういう構成だ

よと、この大作にとりかかるまえに、氏は説明してくれた。／「それで第四部は？」／「第四部は七〇年の安保騒動。おれが斬死にする」あとは高笑いだった》（同右）

④《〔昭和四十三年の「楯の会」発足の頃〕三島氏は居合の稽古に通っていたから、よく日本刀を袋にいれてもち歩き、座談会の席などにも刀をさげたまま出ることがあった。そして、七〇年の安保騒動には斬死にするのだ、とだれにでもいって高笑いする。〔略〕斬死にが大きく前面に出て、民兵案が消えたのは、四三年の暮くらいからだった》（「「楯の会」と三島由紀夫」一九七〇・十二・十八／七一・一　改稿）

文中の「民兵案」とは、民間人による国土防衛隊のような組織づくりを構想した三島の私案を指し、のちに「楯の会」として結実した。

⑤《一九七〇年、四十五歳で自分は死ぬと、三島氏は冗談まじりにいつもいっていた》（「〔一九七〇年十一月〕二十五日」「一週間の日記」）

⑥《死ということばを、三島氏がしきりに口にするようになったのは、昭和四二年ころからだったと思う。／それ以後三年間、死のかげは氏の周囲に急速にその濃度を深めていった》（「死への疾走」一九七〇・十二・十五）

⑦《第二巻『奔馬』は、十月事件と二・二六事件と神兵隊とが重ねあわされたようなかたちで物語が進行する。結局どれにも似ていない、ということだろう。歴史的事実とは関係がないと三島氏自身いっていた。第四巻のことをたずねると、「一九七〇年、安保条約改訂《〔ママ〕》期におれが斬り死にする」わっはっはと笑う。／昭和四二年になってからである。それ以前には、斬り死に

というようなはなしはきかなかった》（同右）

村松剛が初めて三島から「一九七〇年、四十五歳で死ぬ」という話を聞いたとき、真っ先に思い浮かべたのは七〇年安保だったはずである。当然それは七〇年安保闘争の渦中で死ぬことを意味した。⑥の引用で、《死ということばを、三島氏がしきりに口にするようになったのは、昭和四二年ころからだったと思う》と、村松は書いている。三島が初めて自衛隊に体験入隊したのも、同じ昭和四十二年（一九六七）の四月から五月にかけてのことである。そのような三島の言動の背景にあったのが、六〇年安保闘争の敗北による沈滞期からようやく抜け出た、左翼学生運動の本格的な始動である。事実前年の四十一年十二月、社会党や共産党の既成左翼と袂を分かった新左翼のブント、中核派、社青同解放派からなる三派全学連が正式に発足していた。それは一九七〇年すなわち昭和四十五年の安保闘争も六〇年安保闘争と同様に、大規模な政治闘争になると予想させるものであった。三島もそれに連動したのである。

昭和四十二年七月、法政大学等に全国四十四大学、八十五自治会の千五百人の学生が集まり、七〇年闘争の基本方針が討議される。三派全学連による安保闘争の幕が切って落とされたのである。その第一幕が同年十月の第一次羽田闘争である。当時はベトナム戦争の真最中であった。北ベトナムの共産党政権に支援された南ベトナム民族解放戦線と、米国を後ろ盾にした南ベトナム政府軍の間で泥沼状態の戦闘が続いていた。この戦争に介入した米軍は多数の死傷者を出していた。在日米軍基地はベトナムで戦う米兵の後方支援の重要な役割を担った。日本はベトナム戦争の間接当事国であった。

米国内で学生を主体に反戦運動が高まり、日本国内では全学連のみならず、べ平連（ベトナムに平和を！市民連合）を中心に無党派市民からなる反戦運動が勢いづいていた。南ベトナムへ佐藤栄作首相が親善訪問することが予定されていた。それはとりもなおさず日本が南ベトナム政府と米軍への支持を国際的に表明することにほかならなかった。

昭和四十二年十月八日、羽田空港から飛び立つ佐藤首相を実力で阻止しようとする全学連、べ平連、反戦青年委員会のデモ隊が、空港へ通ずる三つの橋を主戦場に機動隊と激しく衝突した。その際、京都大学の学生一人が死亡し、重軽傷者六百人以上、逮捕者五十八人が出た。翌月の十一月十二日には、第二次羽田（佐藤首相訪米阻止）闘争が戦われた。この日も三派全学連三千人が羽田空港近くの道路上で機動隊と衝突を繰り返した。以降、昭和四十五年の七〇年安保決戦へ向けて、新左翼による反政府闘争が街頭を主な舞台に、より急進化過激化の度を加えて展開してゆく。その二つの羽田闘争の意義を、高木正幸は次のように記した（『全学連と全共闘』講談社現代新書　一九八五）。

《この三派全学連など学生党派の羽田闘争は、〝革命的左翼誕生の日〟として歴史的に特筆され、学生・新左翼運動が質的に大きく転換するターニングポイントとなった点で、重要な意味をもつ》

そのような新左翼の動きを、三島は固唾《かたず》を呑んで見守っていた。その一端を知らしめてくれるのが、椎根和《やまと》著『平凡パンチの三島由紀夫』（新潮社　二〇〇七）である。椎根は六〇年代から七〇年代にかけて一世を風靡した男性週刊誌「平凡パンチ」の若手編集者として、三島を茶化した特集記事をいくつも書いた。ところがそれを一番に面白がったのが当の三島だったようで、ついには三島の剣道の唯一の弟子になったという変わり種である。楯の会の主宰者として体育会系の学生の中心にいた三島にとって、椎根は一服の清涼剤だったのであろうか。身近にこういう青年がいたことは、意外というよりも当時の三島の心境に迫るうえで興味深いエピソードである。それはともかくとして、椎根はこう書いている。

《一九六八、六九年の二年間、三派系全学連、全共闘学生たちが、計画立案し、実行した闘争の大きさ、その多さは、政府と警察と世間に大きな衝撃を与えた。三島も、自分を〝デモ通〟と自称したほど、変装したつもりで闘争の場にかけつけ、見物した。／一九六八年の主な闘争は1・15佐世保エンタープライズ寄港阻止闘争、6・17東大全学部スト突入、9・30日大全共闘三万五千人の学生が、大学当局と十時間の大衆団交、10・21国際反戦デー、騒乱罪が適用される。一九六九年には、1・18東大安田講堂攻防戦、3・30三里塚新空港粉砕集会、4・28沖縄デー、9・5全国全共闘連合結成、10・21国際反戦デー、11・17佐藤首相訪米阻止闘争、闘争で逮捕された学生数は、五百、一千七百、二千名と増えていった。／三島が、これらの闘争のなかで、見物にでかけたと、自分で認めたのは、一九六八年の10・21、一九六九年1・18、4・28、11・17の闘争だった》

三島は過激化する新左翼各派の街頭闘争を注視しつつ、昭和四十四年（一九六九）二月二日付のドナルド・キーン宛ての書簡で、こう書いている（『三島由紀夫未発表書簡　ドナルド・キーン氏宛の97通』中央公論社　一九九八）。

《一九七〇年にかけては、ひょっとすると、僕も、ペンを捨てて武士の道に帰らなければならないかもしれません》

先の村松剛の著書からの引用①―⑦は、村松が三島の話を聞き書きしたものだが、キーン宛ての手紙にも大体同じことが書かれている。当時の三島は、新左翼はこのまま一九七〇年六月の安保改定前夜まで突っ走ると情勢判断していたに違いない。三島にとってこのような状況は、思いどおりの展開であったろう。なぜなら三島は何年も前からこのような政治的混乱を頭に描いていたようで、七〇年安保を視野に入れた現代劇さえ書いている。戯曲『喜びの琴』である。昭和三十九年（一九六四）の文学座正月公演用の台本として書かれた。ところが、思想的に偏り過ぎているという理由で文学座が上演を拒否したため、同年の文芸誌「文芸」二月号に掲載されるのである。

舞台の設定は、近い未来のある年の一月、都内某区本町警察署二階の公安係室である。デモの大行進が警察署前の大通りを絶え間なく通過してゆく。それを公安刑事や警察の協力者が二階の窓から見下ろす。彼らの口にするセリフは、次のとおりである。

「今度の言論統制法は大へんですな。新聞はさわぐし、デモはだんだんひどくなるし、ひょっとすると安保以上の騒ぎになるかも……」

「物情騒然たるこんな時期だし……」

「おお、来よるわ。来よるわ。仰山来よる」

「どれもこれも気の利かないプラカードだなあ。言論統制法反対。宮本内閣打倒か」

「また右翼と激突か。右さんも左さんもよくやってくれるねえ」

登場人物がそれぞれに口にする、大規模なデモ、六〇年安保以上の騒ぎ、右翼と左翼の激突等々、文芸批評家の松本鶴雄はこの『喜びの琴』について次のように評した（『喜びの琴』『朱雀家の滅亡』より『豊饒の海へ』――三島由紀夫のナショナリズム」『三島由紀夫研究』右文書院　一九七〇）。

《時代背景は「近い未来の或る年の一月」とあるが、六〇年安保の政治の嵐から連想しての、七〇年安保見取図が戯画化のように描かれている》

松本鶴雄の批評は正鵠《せいこく》を射ていよう。セリフの中の「言論統制法」は「七〇年安保」と言い換えることが出来る。『喜びの琴』が昭和三十八年（一九六三）に書かれていることから類推すれば、七〇年安保闘争は三島の眼前に突然降って湧いたようなものではなかった。昭和四十二年十月に三派全学連が七〇年闘争の基本方針を討議するよりもずっと前から、三島は自分の死に場所として七〇年安保を思い描いていたといえよう。『喜びの琴』から読み取れるのは、そんな三島の期待である。虎視眈々と七〇年六月の安保改定期に起きるであろう騒乱に照準を合わせていた。七〇年安保は、三島にとって、武士として「政治的死」を遂げるに絶好の機会と映っていたと思われる。だが斬り死にといっても、相手は女性も混じる左翼のデモ隊である。また、当時の新左翼のデモ隊の主要な武器は角材と火炎瓶であった。刃《やいば》を交わすような斬り合いを望んでいたとしたら現実離れしている。

考えてみると、斬り死にという言い方自体が奇妙である。まるで死を前提にした言い方ではないか。そもそも敵と斬り合うのは、生き残るためではないのか。結果的に死んだとしても、それはやむを得ないことである。反して三島の言い方には、決死の特攻隊のようなニュアンスが感じられる。とすると、三島のいう斬り死にというのは、こういうことなのではないか。

三島は対峙するデモ隊の最前列の幾人かを日本刀で殺傷したあと、その責任を取るという名目で自害することを考えていた。当然警察は三島を逮捕しようとするだろうが、どこか人けのない場所に隠れて腹を切る。それならば、人を殺めた責任を潔く取ったとして、是非はともかく、武士の自刃とみなされる可能性がある。

村松剛は、幾度となく「一九七〇年、四十五歳で死ぬ」と聞かされたとき、たとえ三島一流の軽口だと受けとめたにせよ、安保闘争の決戦の年の一九七〇年が四十五歳になる年でもあり、二つを並べて語ったのだと思ったに違いない。つまり村松は一九七〇年が「主」、四十五歳が「従」というふうに三島の言葉を理解していたと思われる。が、当の三島はどうであったか。むしろその逆だったのではないか。七〇年に斬り死にすることなく四十五歳で自刃した事実に鑑みれば、三島は自死について、四十五歳が「主」、一九七〇年が「従」と位置づけていたのではないか。だとすると、いつ頃から四十五歳での自死を考えていたのか。それが問題となる。

三島は「一九七〇年、四十五歳で、斬り死にする」ことができなかった。三島には不幸なことに、新左翼主導の七〇年安保闘争は、実質的には六九年の一〇・二一国際反戦デーをもって終息してしまった。

その十月二十一日の闘争は、新宿駅一帯がヤジ馬をも巻きこんだ大規模な騒乱状態になると予想されていた。新宿駅周辺は一種異様な雰囲気が立ち込めていた。警察も拱手《きょうしゅ》傍観しているわけではなかった。街の角々に配置された機動隊がデモ隊とヤジ馬の不穏な動きを完全に封じ込めてしまった。これは機動隊との間で激しい衝突を繰り返してきた新左翼の街頭闘争が行き詰まり、事実上終焉したことを告げるものであった。
三島も「平凡パンチ」編集部から貸与された記者用の腕章を巻いてみていた。デモに対する警備力を強化させた機動隊の圧倒的優位を目の当たりにして、さぞかし愕然としたことであろう。一九七〇年、安保改定期に斬り死にするといって高笑いしていた三島の目論見が、もろくも崩れ去ったのである。三島はその日の新左翼の敗北を、「行動学入門」（「ＰｏｃｋｅｔパンチＯｈ！」一九六九・九―一九七〇・八）の「六章　行動と待機」において、次のように批判した。

一九六九年十一月十七日以降の世間一般の情勢を見ると、全共闘をはじめ、過激派の運動は一応終りを告げたように見られている。彼らは七〇年決戦を唱えたのにもかかわらず、次第次第に、七〇年決戦は前へ前へと繰り上げられ、十一月決戦が叫ばれ、その前には一〇・二一が、そしてその前には四・二八があった。彼らは青年の生理によって、いつも待ち切れないで暴発するという形をとって行動へ進んでいった。もちろん執行部のコントロールする力が不十分であったということも言えようが、執行部自体が次第に忍耐を失い、待機の姿勢に耐えられなくなったということが感じられる。それこそ警察権力の思うつぼであった。

右の三島の文章は、七〇年安保決戦を前年の六九年で終焉させてしまった新左翼執行部への、らみ節として読まれるべきものであろう。これを機に三島は、新左翼への関心を急速に薄めていった。その後の三島の動向をみればわかるが、新左翼に取って代えて、新たな敵として名指しをしたのが日本民主青年同盟（民青）である。のちの講演会等でしきりに、この共産党傘下の学生組織の脅威を口にするようになるのである。当時の三島は楯の会の主宰者として、百名になんなんとする会員たちを束ねる求心力を維持し続けなければならなかった。過激派と称された新左翼の存在感が目にみえて衰えたことで、新たな敵を必要としたのである。

一方、三島が自刃の直前、自衛隊員に向けてクーデター決起を呼びかけ、総監室バルコニーからばら撒いた檄文には、先の一〇・二一国際反戦デーでの優勝劣敗を目にした三島の、そこから引き出した論理が一見それらしい厳粛さで、次のように開陳されていた（「檄」一九七〇・十一・二十五）。

> 昨昭和四十四年十月二十一日に何が起ったか。総理訪米前の大詰ともいうべきこのデモは、圧倒的な警察力の下に不発に終った。その状況を新宿で見て、私は、「これで憲法は変らない」と痛恨した。その日に何が起ったか。政府は極左勢力の限界を見極め、戒厳令にも等しい警察の規制に対する一般民衆の反応を見極め、敢て「憲法改正」という火中の栗を拾わずとも、事態を収拾しうる自信を得たのである。治安出動は不用になった。〔略〕
>
> 銘記せよ！　実は昭和四十五年〔ママ〕十月二十一日という日は、自衛隊にとっては悲劇の日だった。創設以来二十年に亙って、憲法改正を待ちこがれてきた自衛隊にとって、決定的にその希望が裏切られ、憲法改正は政治的プログラムから除外され、相共に議会主義政党を主張する自民党と共産党が、非議会主義的方法の可能性を晴れ晴れと払拭した日だった。

「行動学入門」と「檄」からの二つの引用は、昭和四十四年（一九六九）の一〇・二一国際反戦デーが三島のターニングポイントだったことを示している。三島の自刃に即していえば、前者は、一九七〇年の安保改定期に斬り死にするという夢がついえ去ったことを意味し、後者は、まさに一九七〇年に四十五歳で死ぬという夢の実現を意味している。

本来、楯の会の設立主旨は、間接侵略に対抗する民間有志の組織化という点にあったはずである。状況論的にいえば、革命を叫ぶ新左翼の街頭闘争に危機感を抱き、三島のもとに参じた右翼学生からなる集団が楯の会である。六〇年安保当時の岸信介内閣では、国会を幾重にも取り囲んだデモ隊を前にして、一時自衛隊の出動も検討された。同じことが七〇年安保の最終局面でも検討される。否、革命を指向する新左翼の急進主義はそれ以上の可能性を高めていた。そこに楯の会の出番がある。三島はそう読んでいたはずである。一九七〇年の安保改定期に斬り死にすることの前提条件である。しかしその見通しが立たない状況に直面した三島は、自刃の新たな可能性を探ることになる。なぜなら、新左翼の街頭闘争が自滅してしまった以上、間接侵略に対抗する民間組織としての楯の会の役割、存在意義が失われてしまったからである。楯の会自体の存在意義に対する疑念は、早晩会内部からも湧き出るであろう。三島はそれを封じるために一計を案じる。楯の会の中に憲法改正を旨とする「憲法研究会」を立ち上げるのである。

新左翼の完敗に終わった一〇・二一国際反戦デーから二か月後の十二月下旬、三島は楯の会の会員五十人を引き連れ、自衛隊習志野駐屯地第一空挺団に一日体験入隊を行なう。保阪正康著『憂国の論理　三島由紀夫と楯の会事件』（講談社　一九八〇）は、次のように記している。

《この訓練のあと、三島は、駐屯地のなかにある教場で、五十人の会員に訓示をしている。／「憲法改正の緊急性を、いまこそ必要に思う。楯の会独自の憲法改正草案をつくりたい。至急、準備にとりかかろう」／すぐに有志が挙手をし、十三人の会員が「憲法研究会」のメンバーとなる意思表示をした。十三人のうち三人が法学部の学生で、のこりは文学部とか経済学部の学生であった。現行憲法が戦後の偽善の根源であり、日本の文化、伝統を抹殺するとみなす会員たちは、この研究会の発足に素朴な共鳴を洩らし、研究会のメンバー以外も側面から研究活動を応援することになった》

右派にとって憲法改正は正義である。その正義には服さざるを得ない。必然的に《研究会のメンバー以外も側面から研究活動を応援することに》なる。三島はそういう右派の心情を巧みにあやつり、楯の会を間接侵略に対抗する集団から憲法改正を指向する集団へと、なしくずし的にシフトチェンジさせた。その帰結が憲法改正を旗印にした自刃、すなわち「一九七〇年、四十五歳で死ぬ」の完遂である。

だが、上述のように三島の意図が、一九七〇年の安保改定期に斬り死にすることにあったのではなく、一九七〇年に四十五歳で死ぬことにあったとしても、なぜ「一九七〇年」「四十五歳」でなければならなかったのか、それを説明するものではない。逆にいえば、それこそが問われなければならない。

三島は昭和四十五年（一九七〇）、四十五歳を俟って自刃した。それには相応の理由があるはずである。三島は、それをなんらかの形で書き遺してはいないか。可能性があるとすれば、小説よりは私事に触れることの多いエッセイであろう。周知のとおり、三島は実に数多くのエッセイを書いている。告白的内容を持つものも少なくない。但し、この件に関する限り、読者においそれと気づかれるような書き方はしていまい。書いてあるとすれば、必ずや韜晦していよう。その点に留意しなければならない。

『決定版　三島由紀夫全集』（新潮社　二〇〇〇―六）は、主に「小説」「戯曲」「評論」に分けて編集されている。全四十四巻のうち「評論」は十一冊を占める。そこに収められた文章について「四十五歳」をキイワードに通読すると、具体的に年齢を書き出しているものが二つある。「はしがき（「十代作家作品集」）」（第二十八巻）と「革命哲学としての陽明学」（第三十六巻）である。

「はしがき（「十代作家作品集」）」は、昭和三十年（一九五五）八月に発表されている。すなわち三島は三十歳である。十代作家四人の小説を編んだ作品集に寄稿したもので、見開き二頁の短文である。個々の作品を論評するのではなく、先輩作家による少々辛口のアドバイスといった趣の文章である。その中に次のような一節がある。

世阿弥の花伝書は、十二、三の年齢をさして、「先づ形なれば何をしたるも幽玄」であるが、「この花は真《まこと》の花にはあらず、ただ時分《じぶん》の花なり」と言っている。そして、十七、八になれば、声変りがして、第一の花はすでに失せるのである。そのときなお時分の花を、真の花と思い込んでいれば、愕然として、絶望に襲われるにちがいない。そして世阿弥は、肉体の花、あらゆる外見上の花が失せた四十四、五に達したとき、「もし、この頃まで失せざらん花こそ、真の花にてはあるべけれ」と教えている。

この引用には、血腥さは感じられない。ただ、このとき三十歳の三島が、世阿弥の語る四十四、五にかなり感情移入していることはうかがえる。率直な感想をいえば、三十歳の三島が、十代の作家にアドバイスというか説教みたいなことを、いくら世阿弥の教えだからといって、まだその年齢のはるか手前であるにもかかわらず、もっともらしく掲げること自体に、一種奇妙な感じを抱いてしまう。背伸びをしているのか。この頃は「若年寄」とあだ名されていた。年に似合わぬ格言、教訓を機関銃のように口から発したので、そのように揶揄されたのか。三島を若年寄にさせてしまったものはなにか。右の文章を書いたとき、三十歳だったことに留意しておきたい。

もう一つの「革命哲学としての陽明学」は、昭和四十五年（一九七〇）の「諸君！」九月号に発表されている。そして十一月二十五日には三島事件が起きる。三島はこのエッセイによって、自刃が純正な政治行動だという理論的根拠を示しておきたかったのであろう。政治的確信犯の死であることの証文として。そういう類の証文は昭和四十三年以降、「文化防衛論」「反革命宣言」「行動学入門」と、立て続けに書かれた。「革命哲学としての陽明学」はその最後のものである。そこには近世、中江藤樹によって始まる日本の陽明学の系譜が、次のように紹介されている。

王陽明の哲学の中には、後代、西洋哲学とも類似するようなさまざまな萌芽があるが、簡単にいえば一元的唯心論であって、朱子哲学の二元的実在論と対立するものである。それは中国でも実際行動の上に大きな効果があったが、日本に移入されてから一層めざましく発展し、中江藤樹、熊沢蕃山《ばんざん》を始めとして、林子平、梁川《やながわ》星巌、大塩中斎、佐藤一斎、また西郷南洲、横井小楠、真木和泉守、雲井龍雄、その他明治維新をいろどる幾多の偉大な星を、この思想は生んだ。

——以上の如きが、井上哲次郎博士の陽明学に対する概論である。

右に記された系譜の中で、三島の最も注目した人物が、大塩中斎すなわち歴史上名高い「大塩平八郎の乱」の首謀者大塩平八郎である。この「革命哲学としての陽明学」は、大塩平八郎へのオマージュでもある。ではなぜ、三島は大塩に惹かれたのか。

大塩平八郎の乱は天保八年（一八三七）、大坂市中で起きた。大塩は多数の門弟を抱える陽明学者だが、同時に大坂奉行所の役人でもあった。大坂の施政をあずかる自分の勤務先の奉行所が、市民の困窮には目をつぶり、裏で豪商と結託していることに憤激し、反旗を翻したのである。大塩の乱は、日本国中に衝撃を与え、徳川政権崩壊の先駆けとなった。しかし貧民救済を旗印にした一揆そのものはわずか一日で平定され、大塩は逃亡の末、非命の死を遂げた。時代の変革期には、自分の身の危険もかえりみない行動型知識人が大きな役割を果たすが、まさしく大塩平八郎はそのような人物群の先触れであった。三島の大塩への思い入れの深さは、大塩が第一級の陽明学者であり、知行合一を実践して命を落とした人であったからか。ならば西郷南洲、横井小楠、真木和泉守、雲井龍雄も同様に、各々自刃、暗殺、自刃、斬首と、悲劇的な最期を迎えている。この四人にも、陽明学を受容し自分の血肉と化し、死へ至ったドラマが見出せるはずである。

確かに大塩の著作物は幕末の革命運動の志士たちに少なからぬ影響を与えたが、その死の悲劇性においては、必ずしも陽明学徒として突出した存在ではない。それなのに三島は、あと指折り数えるばかりになった自分の死の二か月前に、「革命哲学としての陽明学」というタイトルのもと、大塩平八郎をメインに据えた文章を書いたのである。一体なにが三島を衝き動かしたのか。大塩平八郎の最期を、三島は次のように記す。

一ヶ月後、すなわち三月の下旬に至って大塩が大坂の一商人の家に隠れていることが判った。三月二十六日の黎明《れいめい》、数十人の捕手がやってきたので、彼は養子格之助の胸を刺した後、自らも喉《のど》を突いて火を放ち火中で憤死した。ときに四十五歳であった。

傍点を付したが、大塩平八郎の享年は、三島と同じ四十五歳なのである。三島がいつ頃から大塩に関心を持ち始めたのかは判然としない。だが、大塩の享年を知ったとき、すでに四十五歳で自刃すると決めていたのであれば、その死に激しく共振したであろうことは想像に難くない。三島は大塩の最期を《ときに四十五歳であった》と結んだ。その簡潔な記述ゆえに、却って三島の万感の思いが込められているように思えてならない。

森鷗外の作品に、歴史小説の傑作と世評の高い『大塩平八郎』(一九一四)がある。楯の会は三島の一党と呼ぶに値するが、大塩のそれは徒党と呼ぶべきものであった。その徒党の四散、壊滅してゆくあり様を、鷗外は、捕縛する側の奉行所与力坂本鉉《げん》之助の視点で、冷徹に描いてゆく。徒党を率いる大塩の風貌も際立った特徴のようなものは省かれ、常人とはやや異なる中年男の像が浮かぶだけである。大塩の最期の場面、隠れ屋を捕手に包囲され、その中で養子格之助を刺して自害するまでの凄惨な描写は、鷗外ならではのものである。それにしても、全編を通して大塩の享年は記されることがない。鷗外は大塩の享年を黙殺しているのである。それは、大塩に共感するところがなかったことを表しているのではないか。

鷗外には、大塩の死んだときの年齢への思い入れがなかった。しかし三島には、あった。三島は自刃が計画どおりに実行できれば、享年が同じになることを発見したとき、孤独なマラソン走者が自分を鼓舞してくれる伴走者を見出したような驚きと喜びとを感じたのではあるまいか。大塩の知行合一と挙兵と四十五歳の死。大塩はまさに三島にとって、幕末の英傑の誰よりもまして、自分を託して語るのに足る格好の人物と映じたのではないか。とりわけ三島の胸中には、四十五歳という年齢がとぐろを巻いていたはずである。であればこそ、《ときに四十五歳であった》と結んだのである。

大塩の一揆騒擾《そうじょう》は、結果的に大坂市中の四分の一を焼亡させる大火を招き、徒党の一味ばかりではなく、大塩の眷族《けんぞく》ことごとくが死罪に処せられた。鷗外の大塩への冷淡なまなざしはそこに根ざしている。鷗外は健康的な生活者の目で大塩をみていた。対して三島は、四十五歳の死を先取りした死者の目で、大塩をみていたのである。

如上のように、三島のあまたの評論、エッセイの中で、四十五歳という年齢をずばり出しているのは、「はしがき（「十代作家作品集」）」と「革命哲学としての陽明学」の二つであった。後者は、三島が自刃した年に書かれたので、同じ歳で果てた大塩に焦点を当てたことに不可解な点はない。対して前者はどうか。先程、血腥さは感じられないと書いた。だが、それは字面をみた限りでの印象である。ほかでもない三島の、若年寄ふうの文章こそ、死を至近距離でみている者が書いたといえなくもない。老人の言い分には大概、どこかしら死が絡みついている。同じように、「はしがき（「十代作家作品集」）」を書いたとき三十歳だった三島も、四十五歳を死の汀《みぎわ》としてみており、その死の汀からのまなざしが、三島を若年寄にさせていたのかもしれない。

そう推測させる根拠はなにか。この「はしがき（「十代作家作品集」）」が三十歳で書かれたからである。ならばなぜ、三十歳で書かれたことから、そう推測できるのか。三島の三十歳が、その後の全ての出発点だからである。三十歳を節目に以後の三島が辿った道筋を眺めると、分水嶺からの景色のように、十五年先の死を一望できるのである。言い換えれば、三島の死の謎は、三十歳に凝縮されているのである。三十歳の三島は、なにを考えていたか。

第三章　二つの『葉隠』論

――『小説家の休暇』と『葉隠入門』

三島由紀夫の三十歳は、肉体的にはボディビルを始めた年齢である。それは四十五歳まで途絶えることなく続けられた。《三十歳の年の夏、私に突然福音が訪れた。これがのちのち人々の笑いの種子《たね》になり、かずかずの漫画の材料になったボデービルというものである》（「実感的スポーツ論」「読売新聞夕刊」一九六四・十・五）と三島は書いた。この運動により、生来の虚弱体質はめざましい速度で改善し、のちのちこれみよがしに誇示する筋肉隆々の体を獲得するのである。それと表裏をなして、文学的にも著しい変化がみられた。『金閣寺』である。

『金閣寺』は「新潮」誌上に昭和三十一年（一九五六）一月号から十月号まで連載され、十月に刊行された。翌三十二年に読売文学賞を受賞した、三島文学の傑作といわれる作品である。松本徹著『三島由紀夫　エロスの劇』（作品社　二〇〇五）によれば、『金閣寺』は作家活動前半の集大成とでもいうべき小説である。なぜなら、この長編は、童話性、寓話性を際立たせたこれまでの主要作に対して、象徴性を持つに至っている。とともに、三島自身の歩みがほぼ集約されているからである。松本徹は、佐藤秀明、井上隆史らとの座談会でも次のように述べている（『三島由紀夫の出発　三島由紀夫研究①』鼎書房　二〇〇七）。

《僕は「金閣寺」までと、「金閣寺」以降は全然違うんだという考え方をしているんですけど。だから「金閣寺」まではいわゆる〔内面的な〕衝迫といえる動きはある程度ある。だけどそれ以降はほとんど無いところで書いているんだという、ごく大雑把な分け方をしているんです。「金閣寺」が終わった以降はね、結局観念の枠組みとかで作らざるを得ないところで悪戦苦闘し続けた》

松本は、三島の小説の傾向が『金閣寺』を境に変化した、以前は曲がりなりにも実感的・内発的な要素がみられたものの、以後は頭でっかちの観念的小説になってしまった、故に『金閣寺』は、三島の作家活動前半の集大成とでもいうべき作品だと捉えているのだが、いずれにせよ執筆には取材等の下作業が欠かせない。『金閣寺』の連載は前述のとおり「新潮」昭和三十一年一月号からなので、前年の昭和三十年が準備期間にあたると考えて差し支えなかろう。昭和三十年は三島三十歳の年である。松本が述べた《「金閣寺」は三島の作家活動前半の集大成》は、年齢に即せば、「三十歳までの集大成」と言い直せる。すなわち三島の三十歳は、まさしく文学と肉体、その二つの大きな転換期であった。

ここで思い起こしてもらいたいが、本書第一章において、二つの設問を立てた。「設問(1)　三島由紀夫は、なぜ十一月二十五日に自刃したのか?」では、四つの答が見出せた。その三つ目の答は、『仮面の告白』起筆日への回帰説であった。つまり『花ざかりの森』以来、三島由紀夫は平岡公威の仮面（ペンネーム）として、実体の平岡公威と親和的関係を保ち小説を書いていたが、しかし『仮面の告白』を書くに当たり、仮面の自分に、さらに仮面をつけたことで、平岡公威という実体、素面を喪失してしまった。なぜなら、仮面は素面につけるものなので、仮面の三島を素面とせざるを得なくなったからである。結果、実在感の希薄さをカバーするように論理に重きを置く、わたしたちに馴染み深い三島らしい三島が出現した、と述べて来た。だが、実は、そのときの三島は、平岡公威という実体を喪失したといっても、心的な面においてであり、肉体的には依然平岡公威の肉体に住まう三島なのであった。三十歳になってボディビルを始めるまでの三島は、白《しら》っ子、青びょうたんとからかわれた少年時代からの繊弱な肉体をひきずって小説を書いて来た。別言すれば、それまでの三島は平岡公威の肉体という牢獄に幽閉されていた。また、この幽閉状態にある三島の姿こそ、松本徹の述べる《「金閣寺」まではいわゆる〔内面的な〕衝迫といえる動きはある程度ある》の正体なのである。三島は肉体の牢獄から脱出する方途を探っていて、ついに発見したのがボディビルであった。このボディビルの介在によって、平岡公威の肉体から解き放たれ、心身ともに新たな三島由紀夫として歩み出したのである。従って、三島由紀夫という名のもとに営まれた作家人生は、次の三つの時期に分けられよう。

第一期は、本体である平岡公威と全的に親和共存関係にあった時期。学習院高等科から『仮面の告白』以前まで、十六歳から二十三歳までの七年間。

第二期は、心的には三島由紀夫として自立したものの、なおも平岡公威の肉体に閉じ込められていた時期。『仮面の告白』に始まり『金閣寺』以前まで、二十四歳から二十九歳までの五年間。

第三期は、平岡公威の肉体から脱け出て、心身ともに三島由紀夫になった時期。『金閣寺』以後、自刃まで、三十歳から四十五歳までの十五年間。

三島の作家活動の時期を右のように分けたが、各期の作品群を論ずるのは本稿の目的ではない。

当面の課題は、三島が心身ともに三島由紀夫となる三十歳のときに、一体なにを考えていたか、ということである。その重要な手がかりとなるのが、同じ三十歳のときに発表した日記体の評論集『小説家の休暇』（大日本雄弁会講談社　一九五五）である。が、そこへ踏み込む前に、三島自身が当時の心境の変化を吐露しているので、確認しておこう。林房雄が『悲しみの琴　三島由紀夫への鎮魂歌』（文藝春秋　一九七二）の中で、次のように書いている。

三島君は私との対話「日本人論」の冒頭で、

「林さん、僕も、だんだんこの十年くらいで、イライラすることが多くなって、……ただ、なんだか腹が立ってしようがない」

と言っている。この対話は昭和四十一年に行われたものであるから、三島君の怒りと苛立ちは、最後の四十五年までには少なくとも十五年近い歴史を持っている。決して三、四年でき上がったものではない。

林房雄は、この三島との対話が昭和四十一年（一九六六）に行なわれたものだと述べている。そのとき三島は《だんだんこの十年くらいで、イライラすることが多くなって》と、十年の来し方を曖昧な言い方で顧みている。昭和四十一年の十年前は昭和三十一年で、三島が三十一歳のときである。その頃からイライラすることが多くなったと、三島自身が話しているのである。さすが林は小説家の直感で、三島の自刃には、なにかしら十五年の歳月が関わっているらしいと気づいたのである。

さて、『小説家の休暇』は書き下ろしの評論集である。昭和三十年（一九五五）十月に刊行されたが、それに先立つ六月二十四日㈮から八月四日㈭までの約一か月半が日記体で書かれている。三島自身の言葉でいうと、さまざまな題目を気随気儘《きずいきまま》に書いたものである。その八月三日㈬の条は、《午後海へゆく。午後四時、東京は大雷雨。一時間のうちに、気温は三十四度から二十四度へ、十度下降した由である》と、いかにも日記といった書き出しのあと、一転して『葉隠』について述べてゆく。それにしても、なぜこの時期に『葉隠』なのか。前述したように、三島の三十歳は、三島由紀夫としての心身の転換期であった。それと時を同じく、一個の論として、『葉隠』を語り出した。心身の転換期と『葉隠』には、なにか関連性があるのか。結論を先にいっておけば、関連性があるばかりか、四十五歳の自刃をなにからなにまで決定づけたものこそ、『葉隠』なのである。

『葉隠』は江戸時代元禄期（一六八八―一七〇四）に、佐賀藩士山本常朝《つねとも》の談話を聞き書きした書物である。元禄期は、徳川幕藩体制の確立とともに商品の流通網が全国的に進展し、地方の大名の領国の武士といえども町人の文化、風俗に呑み込まれた時代であった。武士は藩主の領国経営を支える官僚機構の歯車と化し、戦国時代の荒々しい気風は一昔前のものとなっていた。そのような時代に書かれた『葉隠』の、冒頭を飾る有名な第一句《武士といふは、死ぬ事と見付けたり》は、封建制下の武士の倫理として藩主への忠誠を再確認したものであって、戒めというより、どちらかといえば皮肉を込めたものといえよう。全編を通して武勇烈烈たる談議が繰り広げられているわけではなく、むしろ小市民化した武士の生活のこまごまとした知恵が、一老人の人生訓として語られる一種の手引き書であった。しかし、冒頭に示された封建武士の倫理が、近代になって天皇への忠誠と殉死にすり替えられ、その句のみが一人歩きした結果、『葉隠』は日本の軍国主義を代弁する書物とみなされ、戦前、戦中にはもてはやされ、戦後には忌み遠ざけられた。

戦中派の三島は、戦後、誰も顧みなくなった『葉隠』を、座右の書として愛読したという。反時代精神の発露というより、もっと切実なこと、つまり自分をどう始末するか、その方法論を『葉隠』に見出していたからである。

三島は『葉隠』論を二度書いている。最初は昭和三十年の『小説家の休暇』においてである。二度目は昭和四十二年（一九六七）に書き下ろし評論として刊行した『葉隠入門』（光文社）においてである。両者にはもちろん密接な関係がある。というよりも、おそらく意図的に違いないが、『小説家の休暇』では書かずに隠したことを、『葉隠入門』で明らかにしているのである。しかもそのときには、書かずに隠したことの意義は失われてしまっていたので、『葉隠入門』を読んでも、通り一遍の意味にしか受け取れなかったと思われる。ところが、『小説家の休暇』との異同に注意して読むと、『小説家の休暇』では『葉隠』のどこを書かずにいたのかが明らかになり、自刃した四十五という年齢がくっきりと浮き出てくる。『葉隠入門』は、十二年前に書いた内容を下敷きにして一冊にまとめたというような、行儀のいいものではない。深謀遠慮によって上梓された、自刃の謎を解く、いわばネタあかしの本なのである。故に『葉隠入門』は、『小説家の休暇』における『葉隠』論と照らし合わせて読まれなければならない。

前述のとおり『小説家の休暇』は日記体の評論集で、八月三日（水）の条で『葉隠』が取り上げられている。その書き出しはこうである。

私は戦争中から読み出して、今も時折「葉隠《はがくれ》」を読む。犬儒的な逆説ではなく、行動の知恵と決意がおのずと逆説を生んでゆく、類のないふしぎな道徳書。いかにも精気にあふれ、いかにも明朗な、人間的な書物。

《行動の知恵と決意が》とあるように、三島は『葉隠』を一種の行動論として読み解いている。それは十四年後に書かれた前掲の「行動学入門」の先駆けとなるものである。昭和三十年（一九五五）の時点で、『葉隠』は戦後折々に読んで来た愛読書だと公表し、かつ行動論の観点から評したのは、相応の思惑があってのことであろう。この先、なんらかの形で行動を起こすことを、それとなく宣言しているのである。ところが当時の三島は、鉄棒の懸垂を一回こなすことすらあやしい体力だったので、行動家になるなど誰も夢にも思わなかったろうが、当人は本気であった。第四章で言及するが、前年に「芥川龍之介について」というエッセイを書いたとき、すでに決意されていたことであった。その観点から『小説家の休暇』の『葉隠』論とのちの三島の行動を照らし合わせると、符合することが多い。それを八月三日（水）の条からみてみる。

①人間の陶冶と完成の究極に、自然死を置くか、「葉隠」のように、斬り死や切腹を置くか、私には大した逕庭がないように思われる。②行動家にとって行動が待たれているさまは、人間が「時」に耐えねばならぬという法則を、少しも加減するものではなかった。「二つ一つの場にて、早く死ぬ方に片付くばかりなり」というとき、この選択には、どんな場合でも自己放棄は最低限度の徳を保障する、という良識が語られているにすぎぬ。そして「二つ一つの場」はなかなかやって来ない。常朝が殊更、「早く死ぬかた」の判断をあげ、その前に当然あるべき、これが「二つ一つの場」かという状況判断を隠していることには意味がある。死の判断を生む状況判断は、永い判断の連鎖をうしろに引き、たえざる判断の鍛錬は、行動家が耐えねばならぬ永い緊張と集中の時間を暗示している。③行動家の世界は、いつも最後の一点を附加することで完成される環を、しじゅう眼前に描いているようなものである。瞬間瞬間、彼は一点をのこしてつながらぬ環を捨て、つぎつぎと別の環に当面する。それに比べると、芸術家や哲学者の世界は、自分のまわりにだんだんにひろい同心円を、重ねてゆくような構造をもっている。しかし④さて死がやって来たとき、行動家と芸術家にとって、どちらが完成感が強烈であろうか？　私は想像するのに、ただ一点を添加することによって瞬時にその世界を完成する死のほうが、ずっと完成度は強烈ではあるまいか？

傍線を付した①から④の部分に、晩年の三島の行動主義が集約的に先取られている。それらをのちの三島の行動と対照させるとはっきりする。

①《人間の陶冶《とうや》と完成の究極に、自然死を置くか、「葉隠」のように、斬り死や切腹を置くか、
私には大した逕庭《けいてい》がないように思われる》
三島は、結局自然死より切腹を選んだ。自然死と斬り死にや切腹との間には《大した逕庭がない》、つまり隔たりがないというのは、裏を返せば、斬り死にや切腹以外の死は認めない、といっているようなものである。三島は昭和四十二年（一九六七）以降、新左翼による七〇年安保闘争が高まりをみせると、周囲の友人たちに《七〇年の安保騒動。おれが斬り死にする》と言い放っていた。結果的に、昭和三十年、三十歳のときの言葉どおり、《斬り死や切腹》のうち、後者を選んだのである。
②《行動家にとって行動が待たれているさまは、人間が「時」に耐えねばならぬという法則を、
少しも加減するものではなかった》
三島は、行動家が事を起こす条件として、時間に耐えて待つことの重要性を強調している。それはそのまま、七〇年安保闘争における新左翼の自滅への、辛辣な批判の根拠となる。次の一節は先にも引用したが、論点が異なるので、再度掲げる（「第六章　行動と待機」「行動学入門」）。
《一九六九年十一月十七日以降の世間一般の情勢をみると、全共闘をはじめ、過激派の運動は一応終りを告げたようにみられている。彼らは七〇年決戦を唱えたのにもかかわらず、次第次第に、七〇年決戦は前へ前へと繰り上げられ、十一月決戦が叫ばれ、その前には一〇・二一が、そしてその前には四・二八があった。彼らは青年の生理によって、いつも待ち切れないで暴発するという形をとって行動へ進んでいった。もちろん執行部のコントロールする力が不十分であったということも

言えようが、執行部自体が次第に忍耐を失い、待機の姿勢に耐えられなくなったということが感じられる。それこそ警察権力の思うつぼであった》

「時」に耐えねばならぬ。これと全く同じ主旨のことを、遡ること三十歳の三島は、すでに行動家たることの原則として述べていたのである。

③《行動家の世界は、いつも最後の一点を附加することで完成される環《わ》を、しじゅう眼前に描いているようなものである。瞬間瞬間、彼は一点をのこしてつながらぬ環を捨て、つぎつぎと別の環に当面する》

この三島の考え方は、論理に従って結論へ導く思考法とは対極のものである。すでに結論が出ていることにどうしたら辿り着けるかが、問題とされている。要するに、行動家の思考法である。《最後の一点を附加することで完成される環》とは、《斬り死や切腹》の暗喩であろう。それをいかに完成させるかが、最大の関心事なのである。その対処法が、《瞬間瞬間、彼は一点をのこしてつながらぬ環を捨て、つぎつぎと別の環に当面する》ことであった。これは、最終目標へ向けて臨機応変に対処すべきだということだから、戦術論として読むべきであろう。まさにその言葉どおりに実践した三島の姿を、わたしたちはすでにみている。六九年一〇・二一国際反戦デーのとき、三島は《一点をのこしてつながらぬ環を捨て》たのである。

その日新左翼の闘争は機動隊を前になすすべもなく、完全な敗北に終わった。七〇年安保闘争がその日をもって終焉したことを告げるものであった。新宿駅頭でその光景を目の当たりにした三島は、七〇年へ向けて新たに自らの態勢を練り直さねばならなくなった。三島は斬り死にという《一点をのこしてつながらぬ環を捨て》て、次の《別の環に当面する》のである。それが楯の会の四人を引き連れての市ヶ谷決起である。三島の方向転換について村松剛は、《去年の十月二十一日をもって学生運動は一応終っちゃった……だから斬り死の可能性をいろんな意味で彼はあきらめていた。…そこで新たに出てきたのが諫死という思想なんです》（武田泰淳、村松剛対談「三島由紀夫の自決」「新潮　臨時増刊号　三島由紀夫読本」一九七一・一）と述べている。だが、三島の行動論に準ずれば、つながらぬ環を捨て、別の環へ移行したということである。このように三島の行動は、三十歳のときに書いたことから一歩もその外へ出ていない。

④《さて死がやって来たとき、行動家と芸術家にとって、どちらが完成度が強烈であろうか？私は想像するのに、ただ一点を添加することによって瞬時にその世界を完成する死のほうが、ずっと完成度は強烈ではあるまいか？》

三島は《どちらが完成度が強烈であろうか？》《ずっと完成度は強烈ではあるまいか？》と、「完成度」を「強烈であるか、ないか」の基準で判断しようとしている。この「強烈」という言い方は、いちじるしく官能的である。少なくとも政治的言語ではない。政治が倫理を語るフィールドなら、文学は官能（エロス）を語るフィールドである。三十歳で書いた三島の『葉隠』論は、死を官能の強弱で語っている。死を政治的にではなく、文学的に語っているのである。十五年後の自刃が政治的死であるなら、必然的にその死は倫理的死でなければならない。しかし三島は自刃の三年前に書いた『葉隠入門』でも、三十歳のときの『葉隠』論のほぼ全文を引用して、《わたしの「葉隠」に対する考えは、今もこれから多くを出ていない》といっている。みてのとおり、そこでは死を官能で語っているが、その考えを変えていないというのである。

もちろん政治に変節はつきものである。元来教条主義的思考を嫌ってあらゆる思想を相対化して来た三島が、右翼に立ち位置を変えることは、政治的にはあり得る。だが、官能に変節はあり得るか。三島の自刃は天皇に対する官能的な死だという主張もある。たとえば『英霊の声』では、二・二六事件の決起将校の霊は、「人間宣言」で自らの聖性を否定した昭和天皇を批判するが、一方では《われらが国体とは心と血のつながり、片恋のありえぬ恋闕《れんけつ》の劇烈なよろこびなのだ》とも語る。天皇を恋い慕っているというのである。ちなみに「闕」は宮城、朝廷を意味する。この言辞で三島は、個人としての昭和天皇は否定するが、理念としての天皇および天皇制は肯定している。故に、三島の自刃は恋闕に基づく諫死である、というわけである。その意味において、官能的な死である、と。しかし、官能は死をも支配し、そのためにはなんだって口実にしてしまう。それが官能というものであろう。要するに、完成度の強烈な官能的死を求めて、天皇を口実にすることもあり得る。

右記のとおり、傍線部①から④を含む引用には、のちの三島の行動原理ともいえる認識が表明されている。しかもその締め括りがエロスの領域に属する死の完成度についての考察なのである。三島の市ヶ谷決起が純粋に政治的動機に基づくものならば、『葉隠入門』で自分の文章を引用した際、④の箇所だけは削除か修正して然るべきであった。でなければ、三島の自刃はエロス的死、ということになってしまうのではないか。

繰り返すが、『小説家の休暇』は日記体の評論集である。昭和三十年（一九五五）六月二十四日（金）から八月四日（木）まで、一日一テーマの按配でさまざまな題目が長短おりまぜて論じられている。『葉隠』論が記されているのは八月三日（水）で、最終日の前日である。日記体というと兼好法師の『徒然草』のように、その日その日に頭に浮かんだことを書きつけたものとつい思いがちだが、少なくともこの『葉隠』論は三島に思うところがあって、意図的に最終日の前日に配置されたと思われてならない。大げさにいえば、自決への戦略戦術の一環としてそこに置かれている。

一般的に評論集では、最初と最後に著者の思想が鮮明になる。一方、『小説家の休暇』に収められた評論の中で最も重要なのは、この八月三日の『葉隠』論のはずである。なぜならのちの三島の行動の原基となっているからで、当然自覚して書いたに違いない。その『葉隠』論が最終日の前日に置かれたのは、どういうわけか。決して目立たない場所ではない。さりとて、これが現下著者のメインテーマです！と読者に知らしめる場所でもない。晩年に比べてまだ知名度の高くなかった当時であればなおのこと、この『葉隠』論はone of themとして読まれたであろう。ただでさえ『小説家の休暇』は、さまざまなテーマに対する考察が光の乱反射のように書かれていて、焦点を絞りにくい。その点、最終日の前日であれば、読者の記憶に残りやすい。確かに、巻末の文章として置かれていたなら、読者の目の色も俄然変わったに違いない。読者の多くが著者の前途に不吉ななにかを感じ取ることになったであろう。しかし、それでは困る。困るのなら、わざわざ書かなくてよさそうなものだが、三島は書かざるを得なかった。なぜ書かざるを得なかったのか。

三島のエッセイは、全体的に告白の要素が強い。三島の古くからの友人たち、たとえば澁澤龍彥や高橋睦郎は、三島の現実感覚が希薄だったことを証言している。それは『金閣寺』を取りあげた小林秀雄との対談で、リアリティがないと指摘されたことと通底している。三島のように世界内存在としての実存感覚が希薄な作家は、その穴埋めをどこに求めるかといえば、告白にしかない。告白は自分の内部から発する、自分だけが語り得る言葉である。世界から疎外された作家にとって、告白は実在感を担保してくれる唯一の手段である。三島は告白によって、生の実感を得ようとする。しかし告白は自分をさらけ出すことである。裸になるのと同じで、自分を無防備の状態に置くことでもある。では、どうすればいいのか。

告白の内容を理解させにくくすることである。つまり韜晦する。これなら告白することに変わりはないのだから、自分自身の実在感も確保される。三島にとって文章に修辞を凝らすことは、現実世界の空虚を、いくばくかでも手応えのあるものにすることと同義なのである。この『葉隠』論も三島にとって秘事なればこそ、書かざるを得なかった、ということである。

『小説家の休暇』から十二年後の昭和四十二年(一九六七)九月、三島は光文社の新書「カッパブックス」の一冊として『葉隠入門』を刊行した。当時のカッパブックスは、知識人層を読者に持つ岩波新書に対抗して、大衆向け教養新書のふれこみと宣伝力にものをいわせ、多湖輝《あきら》の「頭の体操」シリーズ等数々のベストセラーを出していた。カッパブックスは軽装本だったから、そこからの刊行は、装幀、用紙、ハードカバーか否かと、造本にうるさい三島には珍しいことであった。元来三島の本は大手の一握りの文芸出版社が独占していたので、それを押しのけての刊行であった。

三島の初めての自衛隊体験入隊は、カッパブックスから『葉隠入門』を出したときと同じ年の四月である。その翌年の昭和四十三年十月に楯の会を発足させている。三島がカッパブックスを選んだのは、楯の会の運営資金が欲しかったからだといわれている。総じて宣伝にあまり力を入れない文芸出版社から出すよりも、確実に販売部数の増加が見込めた。だが、軍資金稼ぎのために『葉隠入門』が書かれたとするのは、早計である。なによりも三島は、三十歳のときに書いた『葉隠』論との関係において書かねばならなかった。三島自身の比喩でいえば、一つの環として完成しないからである。従って『葉隠入門』は、あらかじめ書くことが決定されていたと推測できる。では、どういうわけであらかじめ決定されていたのか。

『小説家の休暇』の八月三日（水）の条の『葉隠』論（以下「小葉隠論」と記す）は、すでにみたように、三島のその後の行動を予告するものでもあった。昭和四十五年（一九七〇）十月に刊行された『行動学入門』と結びついていることは先に指摘したとおりである。『行動学入門』は「小葉隠論」を敷衍したものである。同様に『葉隠入門』も、表面的には「小葉隠論」の拡大版のようにみえる。ところが両者の関係は相互依存的で、「小葉隠論」では隠されたことが『葉隠入門』で明らかにされるという仕掛けになっているのである。なにが明らかにされているかというと、昭和四十五年に四十五歳で自殺する、ということが明らかにされている。但し、三島はそれをあからさまに自分の言葉でいいたてるような軽率な真似はしない。あくまで『葉隠』の常朝の言葉によって、自分の意思を代弁させているのである。その意味において、『葉隠入門』は『葉隠』の案内書といった類いのものではなく、そのような装いを凝らした、つまり韜晦した告白の書なのである。極論すれば、その告白こそが『葉隠入門』を書いた最も大きな理由だといっていい。

さて、『葉隠入門』は、次のように構成されている。

プロローグ 「葉隠」とわたし

一 現代に生きる「葉隠」

二 「葉隠」四十八の精髄

三 「葉隠」の読み方

付 「葉隠」名言抄（笠原伸夫訳）

『葉隠』は、間違いなく三島の命を奪った原基である。三島を呪縛して、死に至らしめた悪魔の囁きの書である。三島にいわせれば、死への活路を開いてくれた大恩の書となる。それだけに三島は、「プロローグ「葉隠」とわたし」で、次のように『葉隠』を絶賛する。

戦争中から読みだして、いつも自分の机の周辺に置き、以後二十数年間、折りにふれて、あるページを読んで感銘を新たにした本といえば、おそらく「葉隠」一冊であろう。わけても「葉隠」は、それが非常に流行し、かつ世間から必読の書のように強制されていた戦争時代が終わったあとで、かえってわたしの中で光を放ちだした。

さらにその末尾でも、いまもなお動かし難く『葉隠』の影響下にあることを表明している。

「葉隠」こそは、わたしの文学の母胎であり、永遠の活力の供給源であるともいえるのである。すなわちその容赦ない鞭《むち》により、叱咤《しった》により、罵倒《ばとう》により、氷のような美しさによって。

右の文章を裏返せば、三島がみる世界は『葉隠』というフィルターを通した世界であり、『葉隠』によって一色に染め上げられた世界である。文中《永遠の活力の供給源》とあるが、三島の語る「永遠」は、つねに「死」を連想させ、「死」と表裏一体となった「永遠」である。つまり「死の活力の供給源」という意味合いを響かせる。『葉隠』こそは「わたしの死の母体であり、死の活力の供給源である」と、三島はいいたかったのではないか。

次の引用にみられるように、昭和三十年の「小葉隠論」は四十二年の『葉隠入門』と強固に結びついている。その十二年の歳月で、『葉隠』はいささかも三島から遠ざかることがなかった。《昭和三十年に「小説家の休暇」という書きおろしの評論を発表したとき、わたしは戦後初めて、自分の「葉隠」への愛着を人にもらした。それは次のようである》。そう述べたあと、「小葉隠論」のほとんど全文を再録させている。前述のとおり「小葉隠論」の中心をなすのは行動原論である。そこでは『葉隠』に準拠した行動の理論化をはかった。『葉隠入門』の「プロローグ「葉隠」とわたし」においても、その考えに変更がないことを明言する。すなわち、

わたしの「葉隠」に対する考えは、今もこれから多くを出ていない。むしろこれを書いたときに、はじめて「葉隠」がわたしの中ではっきり固まり、以後は「葉隠」を生き、「葉隠」を

実践することに、情熱を注ぎだした、といえるであろう。つまり、ますます深く、「葉隠」にとりつかれることになったのである。

《今もこれから多くを出ていない》の「これ」は「小葉隠論」を指すので、考えは基本的に三十歳以来変わっていないといっているわけである。そして「小葉隠論」の内実は、叙上のとおり『葉隠』に立脚した行動原論であった。となれば、三島の三十歳からの見違えるような行動の変容は、どこがスタート地点だったのかというと、この「小葉隠論」によるということが出来よう。これは三島の終わりの始まりが、三十歳のときであることを示唆する。

『葉隠入門』の「二 「葉隠」四十八の精髄」の中に、「「葉隠」三つの哲学」という一節がある。三島によると、『葉隠』は哲学書と捉えれば、三大特色を持っているという。一つは「行動哲学」、一つは「恋愛哲学」、一つは「生きた哲学」である。その三つの哲学について説明しているのだが、「行動哲学」と「恋愛哲学」は「小葉隠論」で述べたことに即して書かれている。従って、三番目の「生きた哲学」が、新たに書き加えられた項目ということになる。しかし、なぜ『葉隠入門』に至って書き加えられたのか。「小葉隠論」で「生きた哲学」について触れてしまうと、十五年後の昭和四十五年に四十五歳で自殺することを告白してしまうことになるからである。故に「小葉隠論」では隠さねばならなかった。この「生きた哲学」について、三島は次のように述べている（傍線は引用者）。

第三、生きた哲学。「葉隠」は一つの厳密な論理体系ではない。第一巻、第二巻の常朝の言行の部分をみても、あらゆるところに矛盾衝突があり、一つの教えがまた別の教えでくつがえされているとみることができる。根本的には「武士道といふは、死ぬ事と見付けたり」という「葉隠」のもっとも有名なことばは、そのすぐ裏に、次のような一句を裏打ちとしているのである。

「人間一生誠に纔《わずか》の事なり。好いた事をして暮すべきなり。夢の間の世の中に、すかぬ事ばかりして苦を見て暮すは愚《おろか》なることなり。この事は、悪しく聞いては害になる事故、若き衆などへ終《つい》に語らぬ奥の手なり」(聞書第二)と言っている。すなわち「武士道といふは、死ぬ事と見付けたり」は第一段階であり、「人間一生誠に纔の事なり。好いた事をして暮すべきなり」という理念は、その裏であると同時に奥義であり、第二段階なのである。「葉隠」は、ここで死と生とを楯《たて》の両面に持った生ける哲学としての面を明らかにしている。

一方では、死ぬか生きるかのときに、すぐ死ぬほうを選ぶべきだという決断をすすめながら、一方ではいつも十五年先を考えなくてはならない。十五年過ぎてやっとご用に立つのであって、十五年などは夢の間だということが書かれている。これも一見矛盾するようであるが、常朝の頭の中には、時というものへの蔑視があったのであろう。時は人間を変え、人間を変節させ、堕落させ、あるいは向上させる。しかし、この人生がいつも死に直面し、一瞬一瞬にしか真実がないとすれば、時の経過というものは、重んずるに足りないのである。重んずるに足りないからこそ、その夢のような十五年間を毎日毎日これが最後と思って生きていくうちには、何ものかが蓄積されて、一瞬一瞬、一日一日の過去の蓄積が、もののご用に立つときがくるのである。これが「葉隠」の説いている生の哲学の根本理念である。

参考までに右の引用に該当する『葉隠』の原文と訳を、『葉隠入門』「付「葉隠」名言抄（笠原伸夫訳）」より併記する。

○人生、あわててはいけない

皆人気短《きみじか》故に、大事を成らず仕損ずる事あり。いつまでもいつまでもとさへ思へば、しかも早く成るものなり。時節がふり来るものなり。今十五年先を考へ見候へ。さても世間違《ちが》ふべし。未来記などと云ふも、あまり替りたる事あるまじ。今時御用立つ衆、十五年過ぐれば一人もなし。今の若手の衆が打つて出ても、半分だけにても有るまじ。段々下り来《きた》り、金払底すれば銀が宝となり、銀払底すれば銅が宝となるが如し。時節相応に人の器量も下り行く事なれば、一精出《ひとせいだ》し候はば、丁度御用に立つなり。十五年などは夢の間なり。身養生さへして居れば、終《つい》には本意を達し御用に立つ事なり。名人多き時代こそ、骨を折る事なり。世間一統に下り行く時代なれば、その中にて抜け出るは安き事なり。

（訳）だれでも、短気な心を起こして、大事なことを仕損じてしまうことがある。まだまだと思ってさえいれば、逆に早く望みを達せられるものなのである。つまり時節が当来するのだといえ

よう。いま仮りに、十五年さきのことを考えてみなさい。世間の様子はちがってしまっているこ
とだろう。未来記などというものもあるが、あまり変わったことは書いてないようだ。いま役に
立つ人も、十五年過ぎれば、ひとりもいなくなってしまうかもしれない。現在の若い人にしても、
半分ぐらいしか残ってはいまい。だんだん世の中が駄目になって、金が底をついてしまえば、銀
が宝となり、銀がなくなってしまえば、銅が宝となるようなものである。ときの流れとともに、
人間の能力も下降していくことなのだから、ひとつふんばって努力するなら、十五年過ぎてから
ちょうどよく役に立つようになるものである。それにしても十五年などというのは、夢のまのよ
うなもので、からだに気をつけてさえいれば、ついには本願を達成してお役に立つようになる。
名人の多い時代はかえってたいへんなのである。世間一般が駄目になっていく時代であれば、そ
のなかから抜きんでることはたやすいはずである。

なぜ三島は、右の《皆人気短故に、大事を成らず》に始まる一節を、「小葉隠論」では隠したの
か。そこでは《今十五年先を考へ見候へ》《十五年過ぐれば一人もなし》《十五年などは夢の間な
り》と、「十五年」という年月の持つ意義が、考察の中心になっているからである。もし「小葉隠
論」の中に十五年先などと書き入れたなら、行動家の死の完成度について考察する「小葉隠論」の
文脈上、読者のほとんどがある種の胸騒ぎを覚えるに違いない。
「この人も十五年先のことを考えているのかしら？　この人の歳はいくつ？」
「三十のはずだ」

「それに十五足すと四十五。この人はその歳に死ぬつもりなのかしら?」

「彼の文学は死に親近した文学だからね。あり得ることだ」

と、読者が想像をふくらませても不思議ではない。三島は十五年先の決意を読者に悟られるのを警戒し、韜晦した。故に「小葉隠論」では『葉隠』のその一節には言及せず、かつ『小説家の休暇』の巻末、最終日などではなく、その一日前に置いて、目立たせることを控えたのである。

その後、三島が四十二歳すなわち昭和四十二年になると、『葉隠入門』が書き下ろしの評論として刊行された。そこでは、十五年先の死を論じる『葉隠』のその一節について、なんのためらいもなく所説が語られている。もうそのときには、〝十五年〟を表に出しても決定的な意味を失っていたからである。三十歳のときであれば、間違いなく読者は三島の十五年先に、なにか不吉な事態を想像する。それに対して、四十二歳の三島が「いつも十五年先を考えなくてはならない」「十五年などは夢の間だ」と語っても、読者は『葉隠』の字句どおりの講釈としてしか受け取る余地がない。『葉隠』にそう書いてあるから、鸚鵡《おうむ》返しにそう説いているだけだと。なぜなら四十二に十五を足せば五十七。その歳ではどんな死に方をしても三島のいう老醜(肉体美の衰退)の域を出ない。三島が老醜を憎んでいたことは、読者の誰もが知っていた。故に『葉隠入門』の講釈は、いかにもカッパブックスに相応しい人生案内的解説として受け取られた。三十歳の三島が〝十五年〟という年月に託した真の意味は、すでに賞味期限切れになっていたのである。

丁度その頃の三島は、陸上自衛隊に体験入隊して世間を驚かせ、周囲の友人へは《七〇年の安保騒動には斬死にする》といい放ち、一種異様な雰囲気を漂わせていた。まさに眼前の三島の動向こそ、三島文学の読者のみならず世間の関心の的になっていた。それに惑わされたのか、眼光紙背に徹する批評家諸氏も『葉隠入門』の紙背に隠された三島の三十歳の決意を見破ることができず、三島流の味付けをほどこしてはいるが、ありきたりの入門書、楯の会の資金稼ぎのために書いた大衆向け教養書と受け取ったのである。

だが実際には、「小葉隠論」と『葉隠入門』は密接不可分の関係にあり、その二つを一つの論として通読しなければ、隠された意味を発見できない仕掛けになっていたのである。

第四章　「芥川龍之介について」をめぐって

昭和三十年（一九五五）、三十歳のとき、三島由紀夫は『小説家の休暇』の一隅に「小葉隠論」を書いた。それは行動開始のひそかなる宣言であり、十五年先のゴールめがけて踏み切ったことを意味した。しかしそこから突然すべてが始まったわけではなく、助走の段階があった。では、助走はいつ頃から始まったのか。関連する文章を遡及的に求めると、行き着くのが、「芥川龍之介について」と題されたエッセイである。『小説家の休暇』を書き始める半年前の昭和二十九年十二月に出た「文芸増刊」（河出書房）で発表されている。このエッセイでわかることは、三島は遅くともこの時点で、昭和四十五年十一月二十五日の自刃に直結する、具体的なイメージを描いていたということである。

「芥川龍之介について」は、芥川の自殺を批判したことで知られるエッセイである。冒頭から単刀直入に、こう切り出す。

私は弱いものがきらいである。これは私の肉体が尫弱《おうじゃく》であるせいかはしらないが、そうとばかりは云えまい。何故なら、肉体の弱さに対しては私自身に対すると同様寛容で、逆に異常な肉体的精力に対して反感を催すほうであるが、心の弱さだけは、ゆるすことができないのである。〔略〕私は感傷家を軽蔑し、剛毅を唯一の徳目と考え、「人間はみんな弱いものさ」なんぞという思想を、唾棄すべきものと考えているのである。

面白いのは、心の弱さについてはきらいだと強調する一方で、肉体の弱さについては口を濁している点である。なぜ口を濁すのか。当時の三島はまだボディビルを始める前であった。自分のことを、心は弱くないけれども、肉体は弱い、と認めざるを得なかったのである。

続く二句目も、一句目と同様、出だしの威勢のよさにくらべて、尻すぼまりの感が否めない。

私は自殺をする人間がきらいである。自殺にも一種の勇気を要するし、私自身も自殺を考えた経験があり、自殺を敢行しなかったのは単に私の怯惰からだとは思っているが、自殺する文学者というものを、どうも尊敬できない。

ちなみに「怯惰」は、臆病でなまけものという意味。似た熟語に「怯懦」がある。こちらの方は、臆病でいくじがないという意味。ともに「キョウダ」と訓む。同じ臆病という意味を含みながらも、「怯惰」と「怯懦」には若干の違いがある。三島はその違いにこだわっている。要するに、自殺を敢行しなかったのは、たんに臆病一辺倒だったからではない、と三島はいおうとしている。

右の引用を字面《じづら》どおりに読むと、三島は、自殺をする人間がきらいだといいながら、自分も自殺を考えたことがあり、それを敢行しなかったのは、たんに怯惰だったからだといっている。批判の矛先の芥川龍之介の自殺と対比すると、こうなるであろう。

芥川は心が弱かったが、(怯惰ではなかったので)、自殺を敢行した。

三島は心が弱くはなかったが、(怯惰だったので)、自殺を敢行しなかった。

思うに三島は、次のようにいいたかった。自殺をするかしないかは、心の弱さ強さとは関係がない。自殺に対する必然性を持っているかいないかである。芥川が自殺に対して怯惰でなかったのは、逆説的にいえば、自殺に活路を求めたからである。一方、三島が自殺を考えながらも、自殺に対して怯惰だったのは、言い換えると、自殺は見た目に惨めなものであってはならず、たとえるなら、荘厳なる詩祭と形容され得る美的な死でなければならないと考えていたからではないか。

三島の自伝的要素が色濃い小説『仮面の告白』には、死への怖れではなく、むしろ真逆の美的志向を強く示した幼少年期のエピソードが記されている。たとえば、主人公の「私」は幼年期において、執拗に「殺される王子」の幻影を追う。東欧の童話に出てくる王子は、竜との戦いで何度殺されても生き返り、最後には竜を退治してしまうのだが、「私」はそれが不服で、竜が王子を殺してしまう結末に童話を作り変えてしまう。その童話にはきわめて写実的な挿絵があり、永いあいだ「私」の心を虜にする。その挿絵は次のように描写される。

挿絵の王子は、黒のタイツに、その胸には金糸の刺繡《ししゅう》を施した薔薇色の上着を着け、紅《くれな》いの裏地をひるがえした濃紺のマントを羽織り、緑と黄金のベルトを腰に巻いていた。緑金の兜《かぶと》、真紅《しんく》の太刀《たち》、緑革の矢筒が彼の武装であった。その白革の手袋の左手には弓をもち、右手は森の老樹の梢《こずえ》にかけ、凜々しい沈痛な面持《おももち》で、今しも彼に襲いかかろうと狙っている竜の怖ろしい口を見下ろしていた。その面持には、死の決心があった。

そして次のように文章が続く。

もしこの王子が竜退治の勝利者としての運命を荷っているのだとしたら、いかほど私に及ぼす蠱惑《こわく》は薄らいだことであろう。しかし、幸いなことに、王子は死の運命を荷っているのだった。

王子が「私」に生き返りを阻まれ殺されてしまうのは、まさしく《黒のタイツに、その胸には金糸の刺繡を施した薔薇色の上着を着け、紅いの裏地をひるがえした濃紺のマントを羽織り……その面持には、死の決心があった》からこそで、ここには幼年期で早くも死の美食家だった「私」がいる。

十三歳になった「私」は、父の外国土産の画集の一冊に、グイト・レイニの「聖セバスチャンの殉教」を見出す。その絵は「私」を陶酔に誘い、思わず射精してしまう様子が克明に記されている。この場面は『仮面の告白』中、最も官能的で、故に広く知られている。

それが殉教図であろうことは私にも察せられた。しかしルネサンス末流の耽美《たんび》的な折衷派の画家がえがいたこのセバスチャン殉教図は、むしろ異教の香りの高いものであった。何故ならこのアンティノウスにも比《たぐ》うべき肉体には、他の聖者たちに見るような布教の辛苦や老朽のあとはなくて、ただ青春・ただ光・ただ美・ただ逸楽があるだけだったからである。

「私」がグイト・レイニの絵に魅せられたのは、セバスチャンが殉教者だったからではなく、描かれた死が《ただ青春・ただ光・ただ美・ただ逸楽》を放散していたからだという。このように、「私」が空想する死は、明らかに美的性格を帯びている。しかも幼年期から少年期へ長じるに従い、官能性も加わってゆく。いわば死が一種荘厳化されてゆくのである。

三島が自殺に求めたものと、それを求める当の三島自身との間には、隔たりがあった。その厳然たる事実が三島を怯惰にしていた。後年、三島は「太陽と鉄」（一九六五—八）の中で、《私の死への浪漫的衝動が実現の機会を持たなかったのは、実に簡単な理由、つまり肉体的条件が不備のためだったと信じていた》と述べている。つまり三島は二十九歳までは、遡れば幼年期にその根源を見出せる、美しいと形容される死を熱望しながらも、自分の肉体が相応しくないのを嘆じ、その落差をなんとかしなければならないと考えていたのである。そしてこの思いに答を与えてくれたのが、「武士」であった。前掲の「芥川龍之介について」の二句目の《自殺する文学者というものを、どうも尊敬できない》に続く文章は、こうである。

武士には武士の徳目があって、切腹やその他の自決は、かれらの道徳律の内部にあっては、作戦や突撃や一騎打と同一線上にある行為の一種にすぎない。だから私は、武士の自殺というものはみとめる。しかし文学者の自殺はみとめない。

三島は武士の切腹やその他の自殺を、武士の道徳律の内部にあっては、作戦や突撃や一騎打と同じものだと述べている。では、その道徳律とはいかなる性格のものなのか。一つの目安として、美醜の観点からいえば、美の範疇に属するものであろう。古来日本人は華道にせよ茶道にせよ、作法の中に美を感じ取っていた。切腹にもまた厳格な作法が定められていた。要するに三島が《武士の自殺というものはみとめる》と書いたのは、作法に則《のっと》り切腹を完遂する姿に美を認めていたから、ということが出来よう。とすると、武士の切腹にみられる死と美の関係は、先の幼少年期の二つのエピソードと同じ構造を持っている、ということになる。つまり死は、三島にとって、常に美を付帯させていなければならないものなのである。故に、死をわがものとする自殺は、美的行為であるべきだという考えが根を張っていたのではないか。

そのような観念のもとで、いわゆる文学者の自殺をみると、いかにも心の弱さを露呈していて、みすぼらしいものとしか映らなかった。そこには感情移入し得る美的要素がなかった。《自殺する文学者というものを、どうも尊敬できない》と書いたのは、そういう実感の吐露であろう。

しかし当時の三島は、棟方志功のように「ワだばゴッホになる！」と言い切ることができなかった。武士になりたいと思っても、三島には致命的な欠陥があった。自身告白しているとおり、《肉体が尫弱》だったためである。にもかかわらず、あえて三島は武士の《切腹やその他の自決は、かれらの道徳律の内部にあっては、作戦や突撃や一騎打と同一線上にある行為の一種にすぎない》と主張するのである。逆にいえば、屈強な肉体を持たなければ自決を云々する資格もまだないということである。武士の道徳律は肉体についての暗黙の了解の上に成り立っている。なによりも武士の本分は敵を打ち破るために戦うことにあり、自決するためではない。武士の屈強な肉体は敵に勝つためにある。ところがその前提をなす肉体が、三島は尫弱なのである。

三島の言い分には説得力がない。けれども、自分の肉体が尫弱であることを棚上げして、《武士の自殺というものはみとめる。しかし文学者の自殺はみとめない》と書いたわけではない。三島は自分の非力を認めたうえで、一歩を踏み出そうとしていた。芥川批判を口実にして、屈強な肉体を具えた武士の自決を、自分の理想型として打ち出した。そう思わせるのは、三島自身の肉体に対する自虐的な書き方による。

死への浪漫的衝動が、武士のような毅然たる自決への願望に入れ替わったとき、三島は肉体の鍛錬へと舵を切った。肉体の尫弱を克服することは、同時に心の怯惰を克服することでもあった。その二つの密接な関係性に、三島はある事件に巻き込まれたことで気づいたと思われる。なぜなら、自分の臆病を「怯惰」と表記しているからである。

その事件では、三島自身も渦中の人となった。三島は粗野で荒々しい暴力を前になすすべもなく、ただただ怖《お》じ恐れ、父や母をも顧みず、一目散に逃げ出した。その屈辱から、おそらく三島が痛感したことは、臆病は尫弱な肉体に起因しているという単純な事実であったろう。

《心の弱さだけは、ゆるすことができない》などといい放つほどに、向こう意気の強さを持つ三島だが、降って湧いたような暴力を前に、遁走した。幼少期より体をぶつけ合うような男の子の遊びからは遠ざけられ、好むと好まざるとにかかわらず、その延長線上に生きてきた結果ともいえる。十代であれば、喧嘩やスポーツは元気のある奴がやればいいと、うそぶくことも出来たであろう。しかし、もはやそうもいかない年齢になり、無頓着ではいられなくなったときに、その事件は起きた。肉体が凶器と化した暴力は、肉体で跳ね返すしかない。三島は未知なる世界の、肉体による闘争の場へ足を踏み入れることで、臆病を克服できると考えた。それが「芥川龍之介について」の発表から半年後の、ボディビルへの挑戦につながったと考えられるのである。

三島が醜態をさらしたその事件は、昭和二十八年（一九五三）、二十八歳のときの七月に起きた。同居していた父、平岡梓が一部始終を書き残している。引用するが、ここに登場する三島が身長百六十二センチで、手足も細く痩せこけて、吹けば飛ぶような、青白い青年だったことに思いを致さねばなるまい。

まだ目黒に住んでいたころのことでした。ある日のこと、僕が門内で草をむしっていると、突然タクシーが停まり、中から異様な風体の男が現われ、「俺は特攻隊の生きのこりだ。このシャツを見ろ、洗ってもこんなに血の跡がある」と胸を突き出し、「三島に会わせろ」と言うのです。「留守だ」と言うと、何でも構わないから入る、といって玄関まで行き、ガラス戸をガチャガチャやる。この物音に驚いた家族は内から押える。そのうち、そこにあった大石でガラス戸を大音響を立てて、たたき破ったのです。

僕はこれは大変と思い、家族に「逃げろ」と指令しました。男はついに奥の座敷の方へ入って行きます。僕は仕方がないから木蔭で様子をうかがっていました。しばらくすると、抱えたわ、抱えたわ、主として伜のスポーツ・シャツ、カーデガン、ジャンパーなど、二、三十点の大荷物をやっと持ち出して、待たせてあったタクシーに飛び乗り、スタートを切りました。

僕は間髪を入れず門前に飛び出し、タクシーの番号を書く紙もないので、大急ぎして石コロで地面に写し、これと車体の色とを記憶に無理やり詰め込んで、まっしぐらに一一〇番に飛びつきました。これでもう、こっちのものです。間もなく男はつかまって、品物は手つかずでそのまま返って来ました。

やや落着いて家族どもはすぐ帰って来ましたが、ただ一人、伜だけはまだ帰って来ません。隣家に尋ねても判らない。こんなときはまあせいぜい隣家まで逃げるのが常識、良識というものでしょう。やっと帰って来ました。一体どこまで逃げたのかと聞きますと、何々さんの家だと言う。その家は当宅より四軒も先の家なのです。この長距離を両親家族を見捨てて一目散にすっ飛んで行き、今までブルブル震えていたことが判明しました。何とだらしのない男でしょう。後年伜が剣道や空手の自慢話をするときに、僕はきまってこの時の「反武勇談」をしてやるのですが、すると伜は苦笑してだまってしまいました。


（平岡梓『伜・三島由紀夫』文藝春秋　一九七二）

昭和四十二年（一九六七）六月、三島は「美しい死」（「平和を守るもの」田中書店　一九六七）というエッセイの中で、《万一の場合、自分をいさぎよくするには、武の道に学ぶほかはないと考えた》と述べている。その考えを三島がいつ抱くようになったのかは明記されていない。しかし推測はできる。三島が押し込み強盗にあったのが昭和二十八年七月。次いで、自分の脆弱な肉体と怯惰な心を真率に告白するとともに、《武士の自殺というものはみとめない》と書いた「芥川龍之介について」の発表が昭和二十九年十一月。おそらくこの一年余の間に、《武の道に学ぶほかはない》という考えに至ったとみて間違いない。さらに半年後の昭和三十年の夏、三島はボディビルに出会っている。それもある日ふと思いついたというような話ではなく、ボディビルに決めるまで、体力向上に資するものをあれこれ捜したと、他のエッセイで書いている。そして同じ昭和三十年の夏、日記体の評論集『小説家の休暇』の八月三日（水）の条で、『葉隠』に言及する。小論ながら、そこでは『葉隠』に基づく行動原論というべき考えが展開された。つまり、押し込み強盗事件に始まり、エッセイ「芥川龍之介について」、ボディビルの開始、評論集『小説家の休暇』での「小葉隠論」という軌跡をたどると、二十八歳から三十歳までの二年間が、三島の抱いて来た死への浪漫的衝動が、自決への決然たる思いに転換する過渡期だったことがみえてくる。押し込み強盗事件に対する総括が「芥川龍之介について」であり、それを踏まえて書かれた、いわば自決への基本戦略が『小説家の休暇』の「小葉隠論」ということになろう。

　それから十四年を経た昭和四十三年、三島は「日沼氏と死」というエッセイを「批評」九月号に発表した。内容は「芥川龍之介について」と軌を一にしている。両者を比較すると、次のとおりである。

昭和二十九年（一九五四）の「芥川龍之介について」では、こう書いている。

A《武士には武士の徳目があって、切腹やその他の自決は、かれらの道徳律の内部にあっては、作戦や突撃や一騎打と同一線上にある行為の一種にすぎない。だから私は、武士の自殺というものはみとめる。しかし文学者の自殺はみとめない》

対して昭和四十三年（一九六八）の「日沼氏と死」では、こう書いている。

B《文学には最終的な責任というものがないから、文学者は自殺の真のモラーリッシュな契機を見出すことはできない。私はモラーリッシュな自殺しかみとめない。すなわち、武士の自刃しかみとめない》

Aの文章の前段では武士のモラルを、Bの文章の前段では文学者のアンモラルを語っている。両者は視点を入れ替えただけの違いで、全体としての意味は同じである。つまり、十四年前に書いたAを念頭に置き、Bを書いたといえる。しかもBには、その前置きに《私が文学者として自殺なんか決してしない人間であることは、夙に自ら公言してきた通りである》との註釈が加えられている。二十九歳のときに表明した考えが、十四年の歳月を経ても揺らいでいない。Bの「日沼氏と死」を書いた二年後の、昭和四十五年十一月二十五日の自刃も、Aの「芥川龍之介について」と同一線上にあることは論を俟たない。

三島の自刃それだけをみれば、村松剛が主張したような政治的な諫死説が成り立つ。しかし、十四年の経過を感じさせない二つのエッセイの間の一貫性を考えると、武士として自刃することこそ本来の目的だったと思わざるを得なくなる。ならば、諫死は自刃に着せた衣裳ではないか。また、ボディビルを始めて十五年目に自刃した事実もある。『葉隠』の《十五年などは夢の間なり》といった言葉にも裏打ちされている。すなわち三島の見取図には、まずなによりも「自刃」をいつ決行するかということがあり、どのような衣裳を着せるかは次に取り組むべき課題で、その時点ではまだ具体像がみえていなかった。はっきりしていたのは、自刃という自殺を敢行することであった。

こうしてみてくると、「芥川龍之介について」というタイトルは食わせ物である。このエッセイは芥川の自殺への批判に主眼を置いているようにみえるが、本来の主旨はそこにはなく、三島が以後十五年間にわたって胸中に抱き続けた決意こそが、執筆の動機だったというべきであろう。三島は芥川の自殺をだしに、自分の決意を語ったのである。

家族の前で大恥をさらした前年の押し込み強盗事件は、三島に深刻な精神的打撃を与えたに違いない。そのとき三島は、いわば死からも逃走したのである。逃走は夭折とは真逆の、老いての死を容認することに等しく、夭折願望を終始手放さなかった自分自身を裏切る行為でもあった。押し込み強盗事件の総括は、自分の肉体の尫弱と心の怯惰を素直に認め、その克服をはかることにあった。三島が描き続けてきた死への浪漫的衝動とは一線を画す、輪郭の鮮明な死の姿を描かねばならなくなったのである。すなわち、武士の自殺である。

では、自刃をゴールとする死出のスタートをいつ切るか。その内なる合図の号砲が『小説家の休暇』の八月三日の条の「小葉隠論」なのである。言い換えれば、自分に仕掛けた時限爆破装置のスイッチをオンにしたことを意味する。ここからが三島の、終わりの始まりであった。持ち時間は十五年。タイムアップは四十五歳のとき、昭和四十五年（一九七〇）である。

「小葉隠論」が書かれた翌月、昭和三十年（一九五五）九月、三島は「戯曲の誘惑」（「東京新聞夕刊」一九五五・九・六―七）というエッセイで、《ひたすら破壊に向って統制され組織された均衡の理念が、私の劇の理念、ひろくは芸術の理念になった。〔略〕破壊と破滅への衝動は、芸術的創造の必ず伴っている半面であって、カタストローフにいたる戯曲の構成ほど、これをよく満足させるものはない》と記した。この理念のもと、三島は持ち時間の十五年を戯曲的空間の中に生きたのである。

第五章　十五年計画

1　計画魔

三島由紀夫は計画魔であった。『英霊の声』の担当編集者だった雑誌「文芸」の寺田博へ送った手紙の中に次のような一節がある（『三島由紀夫の出発　三島由紀夫研究①』）。

《何でも青写真みたいに計画をたてている人間にも、時折欝屈があり、爆発があって、そこをうまくつかまえて書かせて下さった御厚意に感謝しています。出来栄えはともかく、イキの合った仕事とは、こういうのを言うのでしょうね》

三島は自らを評して《何でも青写真みたいに計画をたてている人間》といっている。であれば、自刃が計画された行為だったと考えても見当はずれではない。特に三島の場合、幼少年期からの肉体的条件を思えば、自刃は、万全な計画なしにはとうてい成し遂げられない。

なによりも自刃の完遂は、三島にとって至上命題だったはずである。従って、三島が『葉隠』に則り十五年先の自刃を決意したとすれば、その期間の綿密な計画を立てたと考えなければならない。そしてその計画が実際に動き出したのが、丁度三十歳のときであった。というよりも、几帳面な性格からすると、区切りのいい三十歳が先に頭にあったと考えるべきであろう。

いずれにせよ、計画の中心となるのは、第一に切腹である。第二に武士の名に恥じない体裁を整えることである。後者については、まず屈強な肉体を得るためのボディビルに始まり、次に剣道修行へと、いわば梯子《はしご》を一段一段のぼる堅実な方法をとった。

では、最難関の切腹についてはどのように対処したのか。同じく手堅く着実な方法をとった。それは小説『憂国』を書くことから始まった。小説『憂国』→映画「憂国」→市ヶ谷台での切腹が、その具体的な行程である。つまり、文字媒体→映像媒体→躬行《きゅうこう》実践と、ステップを踏んだ。各行程の期間は五年。『小説家の休暇』を書いた三十歳を起点にすると、五年を一区切りにして、きっかり十五年先の自刃に行き着く。前掲の松本徹編著『年表作家読本　三島由紀夫』を参考に、簡単な年譜にしてみると次のようになる。


昭和三十年（一九五五）夏、日記体評論集『小説家の休暇』の八月三日の条に「小葉隠論」を書く。同時にボディビルを始める。

昭和三十五年（一九六〇）十月十六日、小説『憂国』を脱稿。発表は翌年の「小説中央公論」一月号。

昭和四十年（一九六五）一月上旬、『憂国』の映画化を劇作家の堂本正樹に相談する。四月三十日、映画「憂国」の完成。三島は原作、制作、監督、脚色、主演を兼ねる。十月、パリのシネマテックで試写、成功を収める。日本国内での公開は翌年四月。

昭和四十五年（一九七〇）十一月二十五日、自刃。

右のとおり、三島の「自刃」は昭和三十年を起点にすると、五年の間隔を置いて小説、映画とステップを踏み、現実のものとなった。最初の五年目に言葉による切腹を、次の五年目に映像による切腹を、そして最後の五年目に真の切腹をわがものにした。言葉から現実へ、イメージトレーニングを積み重ねていったといえる。持ち時間の十五年を貫く中心軸で、その全体構想のもと、五年単位で三期に分けた。こう推測すると、三十歳から四十五歳までの動向をうまく説明できるのである。

年譜の第一期にあたる三十歳から三十四歳までの三島は、どうであったか。三島文学の変遷史として語れば、昭和三十一年、三十一歳で発表した『金閣寺』までとそれ以後は全然違うといった松本徹の見解と重なる。松本はこうもいっている（「座談会　雑誌「文芸」と三島由紀夫――元編集長・寺田博氏を囲んで」『三島由紀夫の出発　三島由紀夫研究①』）。

《「金閣寺」とか「沈める滝」。あれなんかとんでもなく観念的な作り方をしている。あんなとんでもない観念的な作り方が出来るということは、逆に彼の中になんかあったんでしょう》

死の計画化は生そのものの動的エネルギーを凍らせ、人工的な作り物にしてしまう。三島文学の著しい観念化がこの時期に始まった背景には、計画による死の先取りがあったからではないか。

また、奥野健男は、第一期の三島の様子を次のように記す（『三島由紀夫伝説』新潮社　一九九三）。

《昭和三十一年から三十四年頃は、三島由紀夫のもっとも幸福な絶頂期であった。『金閣寺』と並行して連載していたエンターテインメント『永すぎた春』もベストセラーになり、流行語になり、ついでしゃれた反語的純文学ロマン『美徳のよろめき』も、ベストセラーになり、よろめき族などの流行語になり、戯曲『鹿鳴館』も、公演は大当りで、たちまち新劇の古典となるという具合である。しかもボディビルでみるみる自己の貧弱な肉体は、筋骨たくましい美しく引締った肉体となり、舞台にも、お神輿担ぎにも、スポーツにも自信を持って積極的に人前に出て見せびらかそうとする。〔略〕ボディビルに引続いて昭和三十一年頃から、急に英会話の勉強をはじめ、昭和三十二年ミシガン大学で英語で講演するほどに、急速に進歩し、それまでのはずかしさ、抵抗を脱ぎ捨てるように、外人相手に殆ど恥知らずと言ってよいような大声で、臆面もなく、自信にみちて英会話をはじめ、ジョークを飛ばし大声で笑う。そこには従来の日本の文学者にあった英会話コンプレックスなど全くなく、まことに堂々とした変身ぶりであった》

ちなみに奥野と三島の交遊は昭和二十七年から四十四年までの十八年間にわたる。それが昭和四十四年で途切れたのは、三島の右傾化に奥野がついてゆけなくなったからである。しかし、奥野が三島に与えた影響は計り知れないほど大きかったと思われる。奥野は吉本隆明、橋川文三、竹内好、村上一郎ら新左翼・全共闘運動に共感を寄せた反日共系知識人とも親交を結んでいた。三島は奥野を通じ、同世代でもあった彼らの著作に早くから接していたはずである。それかあらぬか、吉本の著作の年来のファンだと、『模写と鏡』（春秋社　一九六四）の帯に推薦文まで書いている。また三島が二・二六事件に深入りしていったのは、橋川文三の右翼テロリズム研究が絶大な影響を及ぼしたと、宮嶋繁明（橋川文三研究家）が論評している。村上一郎とは対談も行なっている。極論すれば、三島の右翼思想は吉本や橋川らの著作を回路にして形成されたといってもいいのではないか。

奥野の前掲書『三島由紀夫伝説』によれば、二人は《お互いに心を許し、さまざまな会話を交して来た身近な親友》であった。奥野は三島と同世代の文芸批評家として、自他共に認める三島文学の代弁者であった。十八年間にわたって身近に三島をみて来た奥野によると、昭和三十一年から三十四年頃が《もっとも幸福な絶頂期であった》。奥野はその理由に、三島の目覚ましい文学的成功と肉体の劇的変貌を挙げている。その二つの成果が三島に最上の幸福感をもたらしたと奥野は書くのだが、はたしてそれだけのことであろうか。

奥野が挙げたのは表面的な理由である。もっと掘り下げる余地がある。事実として三島は、三十歳を境にかつてないほど行動的になった。最大の要因は、幸福感よりも解放感だったと思われる。当時の三島は一種の解放感にひたっており、私生活全般に好循環をもたらしていた。それ故のボディビルへの挑戦であり、生来の文学的資質の十全な開花だったのではないか。

では、三島がひたった解放感とはなにか。死からの解放である。三島は三十歳をスタートラインに、十五年先に死を設定した。とりあえずそれが目先の死から三島を遠ざけることになった。おそらく「芥川龍之介について」(一九五四)を書くまでは、三島は常住坐臥、死の衝動に襲われていた。文学者の自殺は認めないが、武士の自殺は認めると、死に方に執拗なこだわりをみせていたこと自体が証左である。対して、十五年後と期限を切った自殺の約束手形を振り出せば、眼前の死の衝動はひとまず鎮静化する。いわば十五年の猶予が与えられたことになる。長い間、自殺に憧れながら実行できずにいた不甲斐なさを罵倒する「自殺できないやつが、死をあれこれいうな!」「臆病者! 卑怯者! 死にぞこない!」「そんなに死が大好きなら、さっさと死んだらどうだ!」といった内心の罵声も聞かずに済む。

思うに、十五年後の自殺を誓ったとすれば、その瞬間から三島はある特権を手にした。すなわち、死をともなわない行動を軽蔑し、遠慮会釈なく批判するという特権である。死という最上位の審級から下界を見下ろしたのである。

昭和四十四年（一九六九）一月、東大安田講堂を占拠した全共闘系学生とこれを排除しようとする機動隊との間で激しい攻防戦が繰り広げられ、学生三百七十四人が検挙された。その際、三島の批判の矛先は、不法占拠よりも、籠城した学生に一人の死者も出なかったことへ向けられたのである。三島の晩年の言論には、行動における死の主張が溢れかえるようになる。その最たるものが昭和四十五年刊の『行動学入門』である。晩年の過激な言説の淵源を求めるとすれば、死の約束手形を振り出したとき、ということになろう。

『葉隠』にいう夢の間の十五年の最初の五年は、三島にとって死から最も解放された期間となった。故に三島はなんの屈託もなく、のびのびと原稿用紙に向かうことができた。さらにボディビルによって獲得した健康体が、ペンに拍車をかけた。短時日のうちに『金閣寺』『永すぎた春』『美徳のよろめき』『鹿鳴館』等のベストセラーを連続して産み出し、奥野健男の目には《もっとも幸福な絶頂期》と映った。その時期について、松本徹が《彼の中になんかあったんでしょう》と指摘した「なにか」こそ、三島が人生で初めて享受した解放感といえよう。とはいえそれは生全体の解放感でない。人生をあと十五年と区切ることで得られた、わずか五年ばかりの、線香花火の光芒のような解放感であった。

その解放の時期もそろそろ過ぎ去ろうとする昭和三十四年（一九五九）、三島は近況報告というべきエッセイ「十八歳と三十四歳の肖像画」を「群像」五月号に発表した。このエッセイは、三十五歳になる次のステップを前に、中締めとしての意味を持っている。いわば、序・破・急の序から破へと局面が展開するにあたって、地ならしが思いどおりに済んだことを報告したものである。そこに描かれた三島の三十四歳の自画像は次のようなものである。

現在の私は旦那様である。妻には適当に威張り、一家の中では常識に則って行動し、自分の家を建てかけており、少なからず快活で、今も昔も人の悪口をいうのが好きだ。年より若く見られると喜び、流行を追って軽薄な服装をし、絶対に俗悪なものにしか興味のない顔をしている。

まじめなことは言わぬように心がけ、知的虚栄心をうんと軽蔑し、ほとんど本は読まない。百五十歳まで生きるように心がけて、健康に留意している。

月曜と金曜は剣道に通い、火木土はボディ・ビルに通っている。文士のぶよぶよの体や鳥のガラのような体に比べて、俺ほど立派な緊《しま》った体はないと思っている。それに小説家生活ももう十三年だから、もうそんなに人を怖がって暮すことはない。

歌舞伎や能や新劇も、もう娯楽として見るという気はなくなり、結婚してからダンスもやらなくなり、娯楽と云ったら、映画を見ることと、ビフテキの思い切り大《でか》いやつを喰べることと、友だちと莫迦話をすることとである。家にいるときは、毎晩夜中から朝まで、せっせと長い小説を書いている。ときどきその調査に出かける。その他の小説は何一つ書きたくない。義理の附合もしたくない。文士の顔も見たくない。
小説はほとんど読まないけれど、評論の類はかなり好んで読む。

文中触れられているが、三島は体力的にも自信を得た三十三歳のとき、すなわち昭和三十三年（一九五八）の六月、川端康成の媒酌で日本画家杉山寧《やすし》の長女瑤子と結婚した。翌年六月に長女の紀子が、三十七年五月に長男の威一郎が生まれている。

ここで一つの疑問が生じる。三島の四十五歳での自刃は、二十九歳のときに決意され、三十歳のときから具体的な歩みが始まったと述べて来たわけだが、ならばなぜ三島はここに至って結婚し、子供までもうけたのか、という疑問である。せめて自分の遺伝子は残したかったということなのか。であれば、ひどく未練たらしい自刃になってしまう。そもそも二十九歳のときに死を決意したという解釈自体が間違いで、一般的に考えられているように、三島の決意はそれよりもずっとあとのことであり、結婚と自刃にはなんら関連性がないということなのか。

確かに結婚の前提は、不幸にして離婚となる場合もあるが、夫婦関係の永続性である。近未来の死を決意した人間が、わざわざ妻子を持とうとするのは、常識的には考えられない。だが、しかし、三島には、結婚しなければならない、れっきとした理由があった。四十五歳で死ぬことを決意したからこそ、結婚して子供を持つ父親にならなければならなかった。その理由とは、母倭文重《しずえ》の存在である。

自殺を決意した三島の最大のアキレス腱は、母親の倭文重であった。周知のように、この母子には近親相姦的と形容されるほどの異常に強い結びつきがあった。有名なエピソードとして、三島は生涯、書き上げた原稿をまず最初に母親のところへ持ってゆき、読んでもらっていた。これなどはたんに感心する以上に、そんなことあり得るのか、といった類いの話である。あの堅固な文体を読むとき、それが母と子の濃密なつながりで濾過されていると思うと、いささか奇妙な感じを拭うことが出来ない。そういう母子関係の中で生きて来た三島が、自分の死を十五年先に決意する際、真っ先に思ったことは、母倭文重の悲嘆であったろう。母の悲しみを少しでも慰めるには、自分の血を引く子供を遺すこと、これに勝るものはないと、三島は考えたのではないか。当時の三島が自分の結婚について、常識的な、誰もが思いつくような発言をしているのは、ひとえに倭文重への配慮からであろう。三島は倭文重に孫をプレゼントするために結婚した。それが結婚を決めた最大の理由だといえるのではないか。

猪瀬直樹著『ペルソナ』（文藝春秋　一九九五）によると、昭和二十九年（一九五四）夏の終わりのある日、三島は十九歳になる赤坂の有名な料亭の娘に出会った。三島が童貞を失った相手と目されている女性である。二人の交際は昭和三十二年五月まで続くが、結局彼女からの申し出により破局を迎えた。

本稿の文脈から二人の関係をみると、三島は恋愛のために、別言すると性的欲求を満たすために、その娘と付き合ったのではない、ということになる。目的は一にも二にも倭文重に孫をプレゼントするためであった。幸か不幸か、彼女は身ごもらなかったようである。あるいは、子供を持つことを拒んだのかもしれない。

二人の関係が破綻してほどなく、三島は杉山瑤子と見合いをして、さっさと結婚する。ぐずぐずしてはいられなかった。十五年は長いようで短い。しかも自刃を完遂させるためには万全の準備期間を要すると、当時まだ尫弱《おうじゃく》だった三島は考えたはずである。となれば、三十五歳までには結婚し、母に孫をプレゼントすることが、前もって十五年計画の中に描かれていたとしても不思議ではない。なにしろ三島は計画魔なのである。幸いにも瑤子は石女《うまずめ》ではなかった。第一子は計画どおり母の倭文重に、第二子は妻瑤子の無興を慰めるためにあてがった。三島の心持ちとしては、そういうことになるであろう。倭文重に孫をプレゼントしたことによって、三島は母への未練を断ち切ることができた。三島の結婚とは、そういう意味合いを持つものだったのではないか。

三島の同性愛を否定する根拠に、結婚して二児の父親となった事実を挙げるだけでは、説得力に欠ける。男の同性愛者が妻子持ちであっても、そう奇異なことではない。彼らにしても多様な家庭を営んでいるのであり、同性愛者だからといって、女性とのセックスが不能というわけではない。したくないことを無理してまでしようとは思わないだけである。最終的に性愛の対象として男と女のどちらかを選ぶとしたら、男の方に惹かれてしまうのが彼らの本質であろう。要は、まちまち、それだけのことである。妻子持ちでも美少年を求めて街中をうろつきまわる男はいくらでもいる。劇作家堂本正樹の『三島由紀夫の演劇　幕切れの思想』（劇書房　一九七七）によれば、三島もまた街へ出れば、そこで目にする美女よりも、凜々しい美青年の方へ惹きつけられたという。結婚して二児の父親になったからといって、それを理由に同性愛を否定することはできない。

2　六〇年安保闘争

余生を十五年と定めた三十歳の三島にとって、昭和三十年（一九五五）から三十四年までの五年間は、逆説的な意味で、死から最も遠のいた期間であった。と同時に、残りの十年に備えた基礎工事のような期間でもあった。であれば、昭和三十五年を三島はどのように踏み出したのか。

昭和三十五年は、六〇年安保闘争の年である。一月、岸信介を首班とする自民党政権はワシントンで新安保条約に調印する。昭和二十六年に締結された日米安全保障条約を改定したものだが、特色は日本が率先して対米従属の軍事同盟を結んだ点にあった。それは国内に多数の米軍基地を抱える日本が、米国の戦争に盲目的に巻き込まれるという危惧《きく》を国民の間に呼び起こす。太平洋戦争の惨禍が記憶に生々しく残る当時にあっては、強固な反戦感情が共有されていた。

新安保条約の国会での承認を待つばかりとなった五月十九日、自民党政権は警官隊を国会内に導入し、衆議院で強行採決する。しかしこの暴挙が、模様眺めに終始していた安保阻止のデモを、一挙に国民的規模の政治闘争へと拡大させることになった。連日大規模なデモが永田町へ押し寄せ、国会を十重二十重《とえはたえ》に取り囲んだ。多くの知識人、文化人はもとより、当時の国民的アイドル女優八千草薫がデモの隊列の中に加わったことは語り草になった。六月三日には全学連が首相官邸に突入した。四日のゼネストには全国で五百六十万人が参加した。十五日の第二次ゼネストにはその数をさらに上回る五百八十万人が参加、国会突入をはかった全学連と武装警察隊がぶつかり、流血の事態となって、東京大学の女子学生が死亡した。しかし、国と国の条約の批准は衆議院の議決が優先されるため、新安保条約は六月十九日午前零時をもって「自然成立」した。七月十五日、岸内閣が総辞職し、あとを受けた池田勇人内閣が所得倍増計画を唱え、一九六〇年代の高度経済成長へと時代は動いてゆく。

三島はこの六〇年安保闘争を《ヤジ馬》としてやり過ごした。もっとも、同世代のいわゆる第三の新人、芥川賞作家の安岡章太郎や吉行淳之介もデモに参加していない。彼らは生理的に政治嫌いだったので、ノンポリに徹した。

しかし三島の場合はだいぶ様相が異なる。六月二十五日付の毎日新聞に書いた「一つの政治的意見」という一文がある。

私はこのごろ、請願デモを見、ハガチー・デモの翌日の米大使館前における右翼デモを見、六月十八日夜には、安保条約自然承認の情景を国会前で見た。私は自慢じゃないが一度もデモに参加したことはなく、これはあくまで一人のヤジ馬の政治的意見である。いま発表されている政治的意見は、すべて何らかの意味で「参加者」の意見である。一人くらいヤジ馬の意見があってもよかろう。

私は十八日の晩、記者クラブのバルコニー上から、大群衆というもおろかな大群衆にとりかこまれている首相官邸のほうをながめていた。門前には全学連の大群がひしめき、写真班のマグネシウムがたかれると、門内を埋めている警官隊の青い鉄かぶとが、闇のなかから無気味に浮かび上がった。官邸は明かりを消し、窓という窓は真暗である。その闇の奥のほうに、一国の宰相である岸信介氏がうずくまっているはずである。〔略〕

何故岸信介氏が悪いのか、と私は考えた。彼の悪の性質は一体どういうものなのか？　私見によれば、氏は元戦犯だから悪いのではない。また、権謀術数の人だから悪いのではない。向米一辺倒だから悪いのではない。悪いのは、氏が「小さな小さなニヒリスト」だからである。

三島は安岡や吉行のような政治嫌いでもなく、ただたんに好奇心が旺盛だからデモ見物へ出かけたのでもなかった。引用の冒頭に目を戻そう。

《私はこのごろ、請願デモを見、ハガチー・デモの翌日の米大使館前における右翼デモを見、六月十八日夜には、安保条約自然承認の情景を国会前で見た》

「ハガチー・デモ」とは、安保阻止のデモが勢いづく六月十日、東京での新安保条約批准のため、米大統領アイゼンハウアー訪日の先遣として羽田に着いた新聞係秘書（ホワイトハウス報道官）ハガチーが、車で都心へ向かう途中、デモ隊に包囲されてしまい、米軍のヘリコプターで緊急脱出して大使館に入った事件、いわゆるハガチー事件を引き起こしたデモのことである。結局、アイゼンハウアーの訪日は中止されたが、三島はハガチー・デモの翌日、《米大使館前における右翼デモを見》云々と書いている。前後の文章から判断すれば、たまたま米大使館前で右翼デモを目撃したというより、わざわざみに行っている。その右翼デモはアメリカ大使館前でなにを訴えていたのか。国会を包囲したデモと同じように、安保に反対する抗議の声を上げていたのか。そうではあるまい。

右翼は一致して自民党政権を支持していた。左翼デモに対抗するために全国動員がかけられ、大小さまざまな団体が大挙上京していた。米大使館前での右翼デモは、そこへ逃げ込んで一夜を明かしたはずのハガチーを歓迎し、激励するためのものであったろう。

三島は左翼ばかりでなく、右翼の動静にも目を配っていたようである。三島としては、一方に偏ることなく公平に……といいたいのであろう。《私は自慢じゃないが一度もデモに参加したことはなく、これはあくまで一人のヤジ馬の政治的意見である》とも書いているが、別の見方をすれば、右翼デモをあえて取りあげることで敬意を表したといえなくもない。世間の右翼に対する目は厳しかった。右翼による安保阻止のデモへの襲撃事件が相継いでいた。ある右翼団体は狙い撃ちしたように安保阻止新劇人会議の女優たちに暴力をふるって傷を負わせ、三十三人が逮捕されていた。そんな暴力には目をつぶり、三島は平穏な右翼デモをスケッチしたのである。

なんにせよ作家がヤジ馬ぶりを発揮するのは、職業意識として至極当然のことである。だが、自決から遡及的に三島のヤジ馬ぶりを眺めると、ある種のきな臭さが鼻を突く。右のとおり、六〇年安保闘争下の三島は左右両翼のデモをヤジ馬としてみて回った。では、のちの七〇年安保についてはどうであったか。

すでに述べたことだが、七〇年決戦を合言葉に新左翼の街頭闘争が頻発していたとき、三島はやはりヤジ馬に身を俏《やつ》し、彼らと警察機動隊との攻防戦を、現場へ足を運んではみて回っていた。要するに三島は、六〇年安保のときと同じことを、七〇年安保でもしていた。いずれも作家の職業意識によるものであったのか。しかし、少なくとも六七年から六九年にかけての三島は、目前に迫った七〇年の六月には斬り死にすると周囲の友人に語り、新左翼の動向を探っていたのだから、職業意識とは無関係といえよう。

なんであれ三島は無駄なことはすまい。二十四歳で職業作家として歩み始めてから自決するまで、絶え間なく原稿を書き続けていたのである。年譜をみれば一目瞭然、ただただその膨大な量に圧倒されるばかりである。それを支えたのは自分に課した厳しい時間管理である。故に三島はどうでもいいようなことには目もくれなかったはずである。それでも同パターンの行動が、二つの安保闘争の混乱の時期に繰り返された。それが必ずしも職業意識からではないとすると、同じ二つの行動の背後には別のなにかがあったと考えられる。

三島は自分の性格について《何でも青写真みたいに計画をたてている人間》といっていた。であれば、三島のヤジ馬ぶりも単純な心理に駆られてというよりは、なにか思うところがあったから、わざわざそこへ足を運んだ、と考えるのが妥当であろう。そういう人間のことは、一般に観察者と呼んで、ヤジ馬とはいわない。三島が二つの安保闘争で、観察者として同じような行動をとったのは、一枚の《青写真》があったからではないのか。

つまり、七〇年安保の前哨戦たる新左翼主導の街頭闘争を観察しながら三島は、来るべき六月の自死を想定していた。遡って六〇年安保時は、国会を取り巻くデモの渦を観察しつつ、十年後も同じ混乱が繰り返されると予想していた。正式には「日本国とアメリカ合衆国との間の相互協力及び安全保障条約」という、前文と全十か条からなる新安保条約の有効期間は十年。その規定が示唆するのは、条約をめぐる政治状況の十年後の再燃である。当時は米ソ冷戦の真っ只中で、世界の各地で社会主義政権が誕生していた。たとえ六〇年安保が左派の敗北に終わっても、資本主義と社会主義の争いが続く限り、七〇年の改定期には、再び同様の政治的混乱が惹起される。有効期間の十年は、そう読めると。

三島は、七〇年の十一月二十五日、自衛隊によるクーデターを訴えた「檄」において、自衛隊は現状のままではいずれ《アメリカの傭兵として終るであろう》との危機感を表明した。事実、自衛隊の集団的自衛権の行使を可能にした、先の第二次安倍晋三政権のもとでの安全保障関連法の成立は、自衛隊が米軍のコントロール下に入ったことを意味する。三島の危惧したとおり、アメリカの傭兵の如くなったのである。三島の予見が的中し、その先見性がマスコミ等で再評価されたことは記憶に新しい。時代を見通す眼力が、生前から高い評価を得ていたことを鑑みると、六〇年安保当時、三島が先んじて七〇年安保のことを考えていた可能性は否定できまい。改めて『葉隠入門』の一節を思い起こそう。

《一方では、死ぬか生きるかのときに、すぐ死ぬほうを選ぶべきだという決断をすすめながら、一方ではいつも十五年先を考えなくてはならない。十五年過ぎてやっとご用に立つのであって、十五年などは夢の間だということが書かれている》

三島にしてみれば、十五年計画の五年が経たところで、六〇年安保闘争という大きな政治的うねりが起きた。そのうねりは、新安保条約の規定に従えば、必ずや十年後にも繰り返される。そう思いながら、三島は六〇年安保のデモの渦を、ヤジ馬に身を俏して見詰めていたのではないか。

3「一つの政治的意見」と『憂国』

六〇年安保闘争が新安保条約の自然成立をもって終焉した直後、三島は《小さな小さなニヒリスト》と岸信介首相の孤影を素描した前掲のエッセイ「一つの政治的意見」を書きつつ、敗北に打ちひしがれる左派とは対照的に、前途に見出した光明に笑顔満面だったかもしれない。武士として自刃するという心願を立てても、それに相応しい場所にどのように身を置くかが最大の問題である。その難題に具体的なイメージを与えてくれたのが、六〇年安保闘争下の左右両翼の対峙であった。加えて七〇年は、切腹死を心願とした青写真、すなわち十五年計画の最終年に当たる。七〇年六月には、六〇年六月の光景が再現されよう。そのときには再び左右が対抗する。であれば、七〇年安保の政治闘争の場に身を置きさえすればいい。政治闘争の現場に飛びこみ、自分を武士として、別言すれば、自分を武士に見立てて自決(切腹死)するなら、居場所は右翼しかない。大義名分のもとでという前提がつくが、たとえ切腹死という異常な方法であっても、その実行者が右翼であるなら、そう奇異なことではない。

本書「第七章　林房雄と三島由紀夫」で触れるが、終戦直後、皇居周辺で右翼の三団体が、各々集団自決を行なった。一言でいえば、日本が敗戦したことを昭和天皇に詫びるためである。このように自決は右翼の身の処し方の一つであった。故に三島は、武士として自刃するために右翼になったと思われる。

この推論に立てば、「一つの政治的意見」というエッセイも、「芥川龍之介について」がそうだったように、くわせものである。一見したところ、自分をヤジ馬と称し、冒頭に左翼と右翼のデモを等分に書き分けて、政治にわれ関せずの態度を示している。だが見方を変えれば、その中立公平な姿勢は、右翼に対して「自分はあなたがたの敵ではありませんよ」と遠回しに述べているのと同じではないか。あるいは、たんに三島の相対主義が、右にも左にも偏らない書き方をさせたに過ぎないのか。

六〇年安保闘争が終息してから四か月後の十月、三島は小説『憂国』を書きあげ、翌年一月の「小説中央公論」に発表した。そこに描き出された主人公、武山信二中尉の切腹場面は、血腥い凄まじさによって、ほとんど読む者をして息を詰まらしめ、なかなか再読する気持ちにはさせない。

森鷗外の『高瀬舟』（一九一六）に似た描写があるが、こちらのほうは、社会の底辺で生きる仲の良い兄弟の哀話。弟が病苦のため、かみそりでのど笛を切って自殺をはかる。しかし、かみそりの刃が横にすべって死にきれないでいる。それをみつけた兄が逡巡の末、弟の自殺に手を貸すまでが克明に描かれている。だが、『高瀬舟』のかみそりでのど笛を切る描写と『憂国』の切腹の描写には、本質的な違いがある。鷗外の本職は陸軍軍医であり、そのペン先には客観的で冷静な外科医の目が働いている。それが『高瀬舟』に一種酷薄なまでの凄みを生じさせている。

一方、三島の描写は肉感的である。切り裂かれた下腹部から内臓がぬめぬめと生き物のようにあふれ出る描写は圧巻である。腹腔から気味悪く逸脱する内臓の姿を、しつこいくらいに丹念に原稿用紙に定着させた原動力はどこにあったのか。こればかりは血みどろを好む三島の性癖にのみ帰せないように思われる。むしろ作者たる三島の内臓が、鍛えられた腹筋に包まれているという確かな感覚、その実存感覚が腹腔から外界へあふれ出す内臓のイメージを支えていたのではないか。それまでの五年間に、ボディースーツを着込むように鍛え上げた筋肉を抜きにしては、『憂国』の切腹シーンは描けなかったのではないか。引き締まって充実した筋肉は本来、力の象徴であり、生のイメージを喚起するものだが、三島にあっては死のイメージを喚起し、それを担保するものとさえなっている。小説『憂国』によって、三島の切腹死へ向けての第二期目が、言葉による具体的な形をとって踏み出されたのである。

ということは、昭和三十五年から四十五年十一月二十五日までの十年という歳月は、『憂国』の武山中尉の切腹を起点に、三島自身の切腹によって閉じられるところのウロボロスの環を描く時間であって、過去・現在・未来へと不可逆的に進行する時間ではない。つまりその十年は、切腹という死のイメージによって支えられた十年であった。三島の不幸は、そのイメージに支えられなければ、本来の自殺衝動がたちどころに頭をもたげるということにあった。

昭和三十五年（一九六〇）に「一つの政治的意見」と『憂国』は相ついで書かれた。注意すべきは、ともに「右翼」が登場した点である。前者ではスナップ写真風に右翼デモが描かれ、後者では、新婚を理由に二・二六事件の決起グループから外された右翼の青年将校、武山信二中尉が描かれた。エッセイと小説の違いはあるが、時を同じくして「右翼」の姿が現われたのである。

『憂国』に比べれば、「一つの政治的意見」での右翼の取りあげ方は、刺身のツマのように小さい。だが、それでも看過できないのは、三島がハガチー事件の翌日、わざわざ米大使館まで右翼デモをみに行ったことであり、さもさりげなく書いていることである。文字どおり点景だが、それ以上の意味を含んでいる。

『憂国』では切腹シーンの前に、武山中尉と新妻のセックスの生々しい描写があり、それが右翼の一部から批判を受けた。二・二六事件に関与した青年将校に失礼だというのが主たる理由であった。対して三島は「死とエロス」という文学的主題を楯に、彼らの批判を意に介さなかった。とはいえ、あくまでそれは口実であろう。三島にとって、切腹死を遂げる武山中尉は、どうあっても右翼思想を抱く青年将校でなければならなかった。つまり『憂国』の真の主題は、右翼の青年将校の自刃そのものであった。武山中尉の切腹そのものを描くことが目的であった。ただ、それのみでは小説にならないので、主題を「武山中尉の切腹」から「死とエロス」にすり替えた。中尉の切腹に劣らぬ新妻との絡みの描写を前段に置いたのである。セックスと自刃の場面が連続することで初めて「死とエロス」の主題は成り立つ。双方のバランスをとろうとすれば、中尉と新妻の交接もたっぷり描かれなければならない。当然、右翼の反発も予測できたはずである。「一つの政治的意見」を書いた直後の三島としては、なるべく右翼の感情を害したくなかったかもしれない。けれども、三島にはそうしなければならない理由があった。三島は「死とエロス」という文学的テーマを逆手にとり、十年後の自分自身の切腹の姿を武山中尉へ投影したのである。右翼である武山中尉は、右翼であろうとする三島なのである。

六〇年安保闘争の直後に連続して発表された「一つの政治的意見」と『憂国』は、同じ意図のもとに書かれたものだと推定できる。そこから透視されるのは、次のような情景である。

三島は六〇年安保闘争において、七〇年安保闘争の混乱の中で自刃する自分の姿を幻視した。それが三島にとっての六〇年安保の意義であった。六〇年安保は、闘争に主体的に関わった学生や知識人の生き方に大きな影を落とした。一方の三島は、傍観者としてやり過ごしたと思われて来た。

しかしその見方は間違いだったといわなければならない。六〇年安保は三島にも影を落としていた。それも、他に引けを取らぬ激烈な影を！

村松剛が、昭和三十五年（一九六〇）における三島の劇的な転換を、次のような視角から書いている（『三島由紀夫の世界』）。

昭和二十八年の『旅の墓碑銘』では、作者〔三島由紀夫〕は彼の分身である主人公の菊田次郎を、友人の口を借りてからかっていた。

「ははあ、また君の例の『他人になりたい』という欲望だね」

その自嘲が昭和三十五年のはじめには、他者であることが「私の自負の根元」であるという断定に変る。なお菊田次郎を主人公とする短篇を三島は『旅の墓碑銘』を含めて三つ——あとの二篇は『火山の休暇』（昭和二十四年十一月）と『死の島』（昭和二十六年四月）——書いていて、いずれも蒼白い顔の青年が自分の感受性をもてあましている物語だった。

『旅の墓碑銘』を最後に自分のなかの菊田次郎は死んだと、三島は昭和四十年の短篇全集（講談社刊）の「あとがき」にしるしている。

「私の中で、菊田次郎という、このロマンチックな孤独な詩人は、これ以後死して二度とよみがえらない。彼は私の感受性の象徴である。しかし菊田次郎の亡霊は、今日もなお、時たま夜のしじまに現れて、私の制作をおびやかし、作品に影を投じている。」

三島は自らの分身である菊田次郎について、昭和二十八年（一九五三）の『旅の墓碑銘』を最後に、《死して二度とよみがえらない》と述べている。そして翌二十九年になると、「芥川龍之介について」を書くのである。村松の指摘は、本稿で問題にして来たところの昭和二十九年、三十年から三十五年までの三島の消息を、言葉を換えて語っているのに等しい（第三章参照）。

昭和三十五年以降の三島由紀夫は、《他者であることが「私の自負の根元」である》と断定する三島由紀夫を内部に抱えた二重性を生きることになる。右翼的なるものを自分の顔に貼りつけてゆくのである。それが自負の根源である「他者」だとすれば、三島由紀夫は三島由紀夫という仮面の上に、さらに仮面をつけたことになる。

第六章　『剣』をめぐって

三島由紀夫は割腹刎頸という武士の正式な作法に則って自らの生を閉じた。中央公論社の元編集者で歴史小説家の綱淵謙錠《つなぶちけんじょう》によれば、三島の切腹は非の打ちどころのないみごとさで、慶應義塾大学医学部の死体解剖所見に目を通した限りでは、直前の迷いや乱れを全く感じさせない刀痕だったようである（『軌』文春文庫　二〇一一）。

三島はこの一瞬のために十五年を生きて来た。武士として自殺するからには、誰にも減らず口をたたかせない完璧な屠腹《とふく》を遂げること、そう思って来たはずである。切腹を自分のものにするために万全の策をとり、やり切ったのである。

三島が剣道に取り組み出したのは、ボディビルを始めて三年目のことである。体格はボディビルのおかげで人に自慢できるまでになっていたから、剣道を習いたいといっても、誰も奇異には思わなかったようである。なぜ剣道なのか、とりたてて理由を問う者もなかった。たとえ問うても、差し障りのない言葉で煙にまかれたに違いないが、それよりも周囲は、ボクシングに次ぐ更なる挑戦と思い、さていつまで続くやらと、面白半分に眺めていたことであろう。ちなみに三島がボクシングに手を出したのは、ボディビルを始めて一年が経った昭和三十一年（一九五六）九月である。しかしすぐに撤退した。

ボクシングにしても剣道にしても共通するのは、柔道や相撲やレスリングのようなコンタクトスポーツではないという点である。基本的に前者は間合いをとり、相手の隙をついて打撃を与え、勝負を決める競技である。後者はいうまでもなく肉体と肉体が直にぶつかり合う競技である。その生い立ちから察するに、三島には体をまるごとぶつけ合うことへの潜在的恐怖心、コンプレックスがあった。

三島は「芥川龍之介について」（一九五四）の中で、次のように見栄を切っていた。

《武士には武士の徳目があって、切腹やその他の自決は、かれらの道徳律の内部にあっては、作戦や突撃や一騎打と同一線上にある行為の一種にすぎない。だから私は、武士の自殺というものはみとめる》

この文章の背後に、「武士のように自殺する」という決意が隠されていたことが、のちの自刃で判明する。三島は剣道に取り組むことを、おそらく「芥川龍之介について」を書いたときには決めていたに違いない。学習院中等科のとき、格技の授業で一年間、剣道を習ったので、いくらかの知識はあったであろう。しかし十代、二十代を通して運動らしいことを何一つして来なかったのである。剣道修行に必要な基礎体力をどうやってつけるのかさえおぼつかなかったのではないか。

三島のエッセイによると、ボディビルの採用を決めるまでに、体力向上を謳ういろいろな印刷物に目を通したようである。最終的に決め手となったのが、ボディビルが、見栄えのよい筋肉隆々の肉体を短期間で作れるということであった。

三島の体力づくりはボディビルから始まったので、それを終生の友にしたのはわからないことでもない。しかし、剣道修行は最初からどこかきな臭いところがある。そのように思わせるのは、剣道へのあまりにもストイックな取り組み方による。三島は昭和三十三年（一九五八）から四十五年までの十二年間、よほどの事情がない限り、週二回の道場通いを欠かさなかった。これはいくらなんでも度が過ぎて異常でさえある。一般人でも週二回のペースは考えにくい。まして三島は売れっ子の作家で、その間も高品質の作品を産み続けたのである。年表をみても実に忙しい日々を過ごしている。剣道に対する愛着といってしまえばそれまでだが、やはり生半可な気持ちで持続し得ることではなかろう。健康と体力維持のためなら、すでにボディビルという伴侶を得ていた。故に「芥川龍之介について」を書いた昭和二十九年には、体力に自信がついたら剣道に取り組むことを考えていたと推測されるのである。

三島の剣道修行を時系列で追うと、次のようになる。

昭和三十三年（一九五八）十一月二十八日、剣道を習い始める。毎週月、金曜を剣道に当てる。ボディビルも並行して続ける。

昭和三十六年（一九六一）四月二十三日、剣道初段の検定を受け合格。

昭和三十八年（一九六三）三月二十四日、剣道二段に昇進。

昭和四十年（一九六五）十一月二十八日、初めて居合抜きを習う。

昭和四十一年（一九六六）五月十日、剣道四段に昇進。十一月中旬、本格的に居合抜きを習い始める。

昭和四十二年（一九六七）二月十二日、居合道初段に合格。
昭和四十三年（一九六八）八月十一日、剣道五段に昇進。
昭和四十四年（一九六九）十二月十四日、居合道二段に合格。
昭和四十五年（一九七〇）十一月二十五日、自刃。

三島の昇段のスピードが、週二回の道場稽古と照らし合わせて速いのか遅いのかは、専門家に訊いてみなければわからない。また三島であれば、武術としての剣道に、色々な面白味を感じ取ったであろうことは想像に難くない。しかし、問題は別のところにある。三島の尋常ではない剣道への向き合い方である。

確かに三島は自由業の特権として自分の時間をいかようにも按配できた。だが十二年にわたり週二回のペースを守り続けたのは律義すぎるのではないか。一愛好家のできる仕業ではない。少なくとも、健康を維持するために、という理由づけは通用しない。健康のためだけならボディビルか剣道か、どちらかでよかろう。なにかそれ以上の熱源がなければ持続できるものではない。その熱源こそ『葉隠』だったのではないか。

《人間の陶冶《とうや》と完成の究極に、自然死を置くか、「葉隠」のように、斬り死や切腹を置くか、私には大した逕庭《けいてい》がないように思われる》と三島が書いたのは、昭和三十年（一九五五）、三十歳、『小説家の休暇』においてである。自刃の時点から右の引用を振り返れば、三島が自然死よりも斬り死や切腹の方を肯定していたのは明白である。

『葉隠』に言及して三年後に三島は剣道を始めた。そのときにはすでに四十五歳の自刃が決められていて、残す年数があと十二年となれば、視界には冥府の門がはっきり捉えられていただろうし、週二回の道場通いなどさして負担には感じなかったはずである。やはり三島の剣道の熱源は、『葉隠』の教え《十五年などは夢の間なり》だと考えられる。

一般論としていえば、ゴール（エンド）がみえているからこそ可能な頑張りということになる。仮に三島が四十五歳を通り越してなお剣道を続けていたなら、癌にでもならない限り、確実に老成の域に導かれていったことであろう。ところが三島は加齢にともなう老醜を嫌悪していたのだし、それを根拠に事件後は老醜忌避説まで唱えられた。どう転んでも三島の剣道には、自刃以外の出口が見当たらないのである。

三島は剣道に十二年、打ち込んだ。その間に書いた剣道小説と呼べる作品は一篇である。まさに『剣』というタイトルの短編小説である。昭和三十八年（一九六三）八月に起稿され、「新潮」十月号に発表された。短編の名手ともいわれた三島なので、剣道を題材にした小説は他にいくらでも書けたと思えるが、その気がなかったのであろう。唯一の剣道小説であること、これこそが『剣』の書かれたわけを、象徴的に表している。

前記の剣道関連の年譜と照らし合わせると、『剣』は三島が二段に昇進した半年後に発表された。つまり二段になるのを待って書いた、ともいえよう。剣道だけでなく柔道や空手でも、初段と二段とでは実力に格段の差があるといわれる。簡単にいえば、努力さえすれば初段には誰でもなれるが、二段にはなかなかなれない。その意味で、『剣』はおそらく三島の胸の内で、あらかじめ書くことが約束された作品であったろう。

初段の身で剣道小説を書いたら、たかが初段如きでわかったような口をきくなと謗られかねないが、二段ともなれば大手を振って書ける、などという安易な動機ではない。決めていたテーマを純文学の剣道小説として書くためには、二段になるまで待たねばならなかった。『剣』は傑作といわれる『金閣寺』と比べても、看過できない小説なのである。


さて、『剣』の舞台は大学の剣道部である。主人公は剣道部主将の国分次郎。次郎は全日本優勝をうかがうほどの強者。稽古では厳しいが、部員の信頼が厚い。正義を愛し、孤独を好む。剣道以外は全てくだらぬことだと言い切ってしまう強さを持っている。いわば次郎は、理念型として抽出された人物である。次郎は先輩の指名により主将になったときの挨拶で、次のようにいう。

《「俺はやるだけやる。全身全霊をあげて、やれるところまでやってゆく。俺について来れば、絶対にまちがいがないんだ。だから、俺を信じる奴はついて来い。ついて来られない奴は、ついて来なくていい」

これを先輩の居並ぶ席で、四十人の部員にむかって言ったとき、次郎はもう何かを選んでしまった》

次郎の主将就任時の挨拶と、あとに続く地の文章が、結末を悲劇へと導く伏線となる。また、三島は『剣』を書く二年前に、次のようなことを述べていた。

《私の興味を惹くものは、〔略〕独立した純粋な抽象的構造、それに内在する論理によってのみ動

く抽象的構造であった》（「法律と文学」一九六一）
この言葉が示唆するのは、次郎の主将就任時の挨拶には、ある論理が内在していて、その論理が次郎の行動の動力となっている、ということである。逆にいえば、次郎は自らの言葉に内在する論理に命じられるままに行動し、破局へと至る。つまり『剣』は、次郎が主将就任時に発した言葉に内在する、論理という抽象的構造を骨組みにした小説、ということになろう。だが『剣』に限らず、これまで述べて来た文脈から眺めると、三十歳以降の三島の歩み自体、自刃の決意に内在する論理によってのみ動く抽象的構造が表出されたものとして、捉えることが出来よう。
次郎の剣道部は例年夏になると、ある海沿いの禅寺で合宿を行なう。合宿初日、次郎は部員の前で訓示する。《俺たちは苦しみに来たのだ。遊びに来たのじゃない。それを銘記しておけ》と、これまで許されていた合宿中の海水浴を全面禁止する。合宿には規律を保つために幾つかの禁止事項があったが、次郎の主将権限で海水浴の禁止が新たに加えられた。合宿の合間に海に入るのを楽しみにしていた部員からは不満の声が洩れたが、こうして稽古三昧の合宿が始まる。
一日一日がみる間に過ぎてゆく。合宿も終盤になった頃、剣道部の監督が慰問にやって来る。その日、次郎は監督を迎えるため部員全員を本堂に待機させ、自分は二名の部員をつれて、汽船の発着所へ行く。合宿所の禅寺からは交通の便がなく、かなりの距離を歩かなくてはならない。その留守中のことである。寺の本堂で次郎たちの帰りを待つ部員全員が、堂内の蒸し暑さに耐えかね、禁止されている海に入ってしまう。そこへ予定よりも早く次郎たちが帰って来る。地元の町長が監督の大学時代の後輩で、車を出してくれていた。こうして部員たちの規律破りがばれてしまい、最初に海に入ろうと言い出した一人が監督から帰京を命じられる。合宿は何事もなかったかのように猛稽古の平常に復する。合宿最後の夜、納会が盛大に催される。納会が締めになり、そこに次郎の姿がないことに皆が気づく。寺の内外を捜しまわると、裏山で《稽古着の腕に竹刀を抱え、仰向きに倒れて死んで》いる次郎が発見される。次郎の死因はそれと明記されていないが、発見時の状態から致死性の薬物による自殺と思われる。

『剣』は主な登場人物三人の視点から描かれている。一人は主人公の国分次郎。あとの二人は同じ剣道部の賀川と壬生《みぶ》である。

賀川は次郎の同級生で、次郎とはライバル関係にある。次郎と同じ四段だが、実力は次郎のほうが上だと自ら認めている。次郎に対して愛憎相半ばする感情を持っている。賀川の反感は、次郎の屈託のなさ、いつも晴朗であるところに向けられている。賀川は次郎を好青年と印象づける晴朗な振る舞いが作り物だと知っていて、次郎がそのように装っていることに我慢がならない。賀川は過剰な自意識を持てあましているが、次郎も同じ種族であることを見破っている。同族同士、次郎も賀川に見破られていることに気づいている。それでも次郎は一片のテレをもみせず、賀川の批判の目を平然と受け流す。賀川にしてみれば、言葉にこそ出さないが、《それは明らかに、考えられ選ばれた傲慢だ》ということになる。

もう一人の登場人物の壬生は新入生の部員で、剣道部の誰よりも次郎を尊敬している。母や姉を相手に話すときは、いつも次郎のことばかりなので、呆れられている。次郎の一挙手一投足を真似て、自分のものにしたいと思っている。次郎は壬生の理想像である。

この次郎、賀川、壬生の三人はそれぞれが三島の分身である。どういう意味かというと、三島の過去形、現在形、未来形をかたどっているという意味において分身なのである。

賀川は三島の過去形である。過剰な自意識に苦しんだ三島を、そのままなぞった人物として描かれている。三島は自分の内なる賀川を捨て去らねばならなかった。賀川は三島にとって否定すべき、過去形の存在なのである。作中、次郎の自殺の引き金となった部員たちの規律破りは、賀川の一声から始まった。賀川のけしかけさえなかったら、次郎たちの帰りを待つ部員は蒸し暑さにあえぎながらも、全員本堂にとどまっていたはずである。賀川は次郎が憎いわけではない、反対に次郎が自分自身に課しているもの、それに対する同族としての哀憐の情がついほとばしり出て、部員たちを規律破りへと走らせたのである。結果、賀川は合宿所を中途で去らなければならなくなった。いわば舞台から退場し、姿を消すのである。これは長く自意識に苦しんで来た三島が、いまやそこから抜け出ていることを、賀川の退場という形で描いたのである。

壬生は『剣』を執筆した時点での三島の現在形である。壬生は次郎を自分の理想像としており、次郎のようになりたいと憧れている。しかし、そこへ至るにはまだ遠い道のりを歩まねばならない存在として描かれている。

部員たちが禁を破って海へ向かったとき、次郎を尊敬する壬生だけが、本堂で待機せよとの命を守り、蒸し暑さに耐えながら座り続けた。ふと窓の外に目をやると、見覚えのある車が禅寺の裏手の坂道をこちらへ登って来る。その瞬間、壬生の中でなにかがはじけ、外へ飛び出し、海へ向かって走り出す。そして壬生は、海から戻って来る部員たちの中に紛れ込んでしまう。

賀川が合宿所から退去させられたあと、壬生は次郎に呼び止められて、《お前もみんなと一緒に海へ行ったのか》と訊かれる。《はい》と壬生は答える。壬生は次郎を理想像として仰いでいるが、次郎は次郎、自分は自分であることを次郎に告げたのである。あるいは、壬生を三島とし、剣道部員たちを現実世界（世間）の比喩として読めば、壬生という登場人物の意義がはっきりする。三十八歳で『剣』を書いた三島は、四十五歳まであと七年を残しており、その時点での現在進行形の姿が壬生には投影されている。三島はあと七年、現実世界の中で生き続けなければならない。しかし、三島が右翼行動家の顔を露わにするのは四十歳になってからなので、あと二年間はこれまでと同様、世間体を慮る常識人の顔を崩さずに過ごす。つまり、壬生が三十八歳の三島の分身である限り、三島が表向きそうであったように、壬生の行動は常識人の矩《のり》を踏み外すことはないのである。

おそらく壬生は、蒸し暑さに耐えて一人居残った本堂から、禅寺の裏山の道を登って来る車をみたとき、数分後に部員たちの規則破りを目の当たりにする次郎の、自殺の必然を感じ取った。壬生は次郎の一挙一動を模範とし、真似ても来たので、多少とも次郎の心の動きを感じ取ることができた。と同時に、自殺をも躊躇せぬ次郎との間には、越えられない壁があることも痛感した。

しかし、予感どおりに次郎が自殺すれば、心酔していればこそ一人本堂にいた自分は、どんな顔をしたらいいのか？　と壬生の頭はなにかしらの答を求めて高速回転する。が、答が出るよりも早く、壬生は本堂を飛び出し、海から駆け戻って来る部員たちの方へ走った。部員たちが「世間」の暗喩だとすれば、壬生は自身の本来の居場所に舞い戻ったのである。

前述のとおり、部員たちの規則破りが、監督の差配により、扇動者の賀川を合宿から退去させることで収拾したあと、壬生は次郎に《お前もみんなと一緒に海へ行ったのか》と訊かれ、《はい》と答えた。次郎の問に悪びれもせず嘘をついたことこそ、壬生が、右翼行動家へと変貌する前の、三十八歳の三島の分身であることを示しているといえよう。

主人公の次郎は、三島の未来形である。そして理想像である。行動に走ろうとする者には大方その手前で内心の曲折がある。だがそういう心理を、三島は煩わしいものとして排除し、作中で次郎に言寄《ことよ》せ、次のように語る。

次郎は自分のなかに残っていた並の少年らしさを、すっかり整理してしまった。反抗したり、軽蔑したり、時には自己嫌悪にかられたりする、柔かい心、感じ易い心はみな捨てる。〔略〕「……したい」などという心はみな捨てる。その代りに、「……すべきだ」ということを自分の基本原理にする。そうだ、本当にそうすべきだ。

はた目にはまさかと思うような理由で次郎が自殺したのは、「そうすべきだ」ったからである。いうなれば、内発的、能動的な自殺である。なにかに追い詰められた末の自殺とは位相が違う。さらに三島は次郎の内心を次のように説明する。

級友の一人が自殺したときに、彼〔次郎〕はその自殺は認めた。ただそれが体も心もひよわかった男で、彼の考えるような強者の自殺でなかったことが残念だったけれども。

右の文章は、九年前の昭和二十九年（一九五四）に発表した「芥川龍之介について」を念頭に書いたのであろう。このエッセイを読んでいれば、「級友の一人」が暗に芥川を指していることに、容易に察しがつく。三島は芥川の自殺を弱者の自殺として否定し、武士の自殺、斬り死や切腹を強者の自殺として肯定した。

『剣』で次郎が自殺したのは「そうすべきだ」ったからである。次郎の自殺には迷いや逡巡が微塵もなく、文字どおり強者の自殺といえよう。であれば、「強者の自殺」という点で、武士の自殺と次郎の自殺は同一である。つまり「武士」という普通名詞が「次郎」という固有名詞に入れ替わっただけで、エッセイ「芥川龍之介について」と、九年の間を置いて書かれた小説『剣』とに通底する思想は全く同じである。

同様のことが「芥川龍之介について」と「日沼氏と死」（一九六八）との間においてもみられた。このように「芥川龍之介について」を起点に、同じテーマの繰り返しが、潮のうねりのように、小説やエッセイの形をとって現れるのである。その持続力の強さは、起点のエネルギー量がいかに強大であり、決定的な意味を持っていたのかを示している。ともあれ、三島の理想を担わされて自殺した次郎だが、一点だけ不可解なところがある。次郎はなぜ自刃ではなく、服毒という手段を選んだのか。

三島は次郎の自殺を自刃ではなく、服毒死をにおわせて、一編の結末とした。布石として次郎の父親を立派な胃腸病院を経営する医者に設定した。これにより、次郎がその気にさえなれば、毒薬を手に入れられるという説明がつく。だが、次郎は誇り高く、全国大会の優勝候補にも名を連ねる学生剣士である。あまつさえ「すべきだ」ということを基本原理に生きて来た。その次郎に相応しいのは自刃ではないのか。それが三島の論理だったのではないのか。なのになぜ、三島は『豊饒の海』第二巻『奔馬』の主人公、飯沼勲のような切腹死を、次郎にさせなかったのか。大学生の自殺に切腹は不似合い、現実味がないとでも考えたのか。

否、『剣』の主題が別のところにあったからである。物語を次郎の死へ収束させていくことが、第一義ではなかったのである。先にそれぞれが三島の分身で、次郎は未来形、壬生は現在形、賀川は過去形だと指摘した。要は、その三態を示すことが『剣』の主題なのである。

簡単にいうと『剣』は、三十歳から新たな歩みを踏み出した三島の、現況報告のような作品なのである。故にこの小説は、小説として完成された環を描いてはならないのである。次郎の死に、どこか竜頭蛇尾のような物足りなさを覚えるのは、そのためである。次郎の死は、決然たる自殺でありさえすれば、自刃の必要はない。芥川龍之介のような弱者の死ではなく、強者の死を遂行すること。それがこの小説を書いたときの、三島の未来への想いであった。三島は『小説家の休暇』で『葉隠』を論じたとき、行動家について次のように述べていた。

《行動家の世界は、いつも最後の一点を附加することで完成される環《わ》を、しじゅう眼前に描いているようなものである》

その環を完成させる役目を担うのが、次郎を理想像として仰ぐ壬生であった。壬生を三島の現在形とした所以《ゆえん》である。

第七章　林房雄と三島由紀夫

1 なぜ「林房雄論」なのか

六〇年安保から三年後の昭和三十八年（一九六三）、三島由紀夫は「林房雄論」を「新潮」二月号に発表する。林房雄とは？ その人物像については、大塚英良著『文学者掃苔録図書館』（原書房二〇一五）が参考になる。

《小説家。大分市生。東京帝国大学中退。大学在学中〈新人会〉に入り、労働運動にも参加。「林檎」「繭」などの小説を発表して注目された。プロレタリア文学運動の指導者として活躍。検挙・投獄されたが、転向して出獄。昭和七年「青年」を発表。戦後は公職追放を受けた》

《戦前のプロレタリア思想、戦中は日本回帰の思想を作品に表し、戦後は家庭小説という中間小説に身を置き流行作家となった。昭和三八年「中央公論」に発表した「大東亜戦争肯定論」は、公職追放処分の因になった右翼思想の復活として大きな議論を呼んだ》

さて、「衝撃の死から二十年―。誤解や曲解に基づく様々な〈三島伝説〉を払拭する本格評伝。」と帯に銘打たれた、前掲の村松剛著『三島由紀夫の世界』は、どういうわけか三島の「林房雄論」に一行も触れていない。村松は論ずるに値しない評論と目したのか。対蹠的に、奥野健男の前掲書

『三島由紀夫伝説』は次のように記している。
《〔昭和三十八年〕八月重要な論文『林房雄論』が新潮社から刊行された。今まで左翼からの転向者、そして右翼的文学者、純文学から通俗文学への敗北者、『大東亜戦争肯定論』を堂々と書く逆コースの思想家などと文壇から戦犯視され軽視され黙殺されていた林房雄を敢えて取りあげる。同じ転向者で戦争中右翼的、民族主義的言動のあった文学者でも保田与重郎、亀井勝一郎などはそれなりに戦後もあつく遇されていたのに林房雄は言動が派手のためか蔑視されていた。その林房雄を三島由紀夫は、その文学者、浪漫主義者としての志の高さ、文学の洞察の深さを敢えて論じ絶讃した、画期的な評論であった。この三島由紀夫の評論をきっかけにして林房雄の名誉はたちまち回復され、林房雄は流行文学者になった》

それでも奥野健男の「林房雄論」への言及は物足りない。やはり出色なのは、「林房雄論」が発表されてから一年後に書かれた、橋川文三の次の文章であろう。

さいきん三島は『林房雄論』によって、ほとんど初めて歴史との対決という姿勢を示した。それが晩年の芥川龍之介に似た場所を意味しているのか、それとも明治終焉期の森鷗外のそれに通じる境涯であるのか、私には予測できない。むしろ私もまた、一種透徹した恐怖感をたたえる『葉隠』の一節によって、この「解説」を結ぶことにしたい。

「道すがら考うれば、何とよくからくったいゝ人形ではなきや。糸を附けてもなきに、歩いたり、飛んだり、はねたり、言語迄言うは上手の細工なり。されど、明年の盆祭には客になるべき。

さてもあだな世界かな。忘れてばかり居るぞ。」

橋川文三が三島から依頼されて書いた、『三島由紀夫自選集』（集英社　一九六四）の「解説」の末尾に置かれた文章である。橋川文三は、いままで一本道を歩いて来た三島が、「林房雄論」を書いたことで、一本道が二股に分かれる場所に立ったと指摘する。右へ行く道の道標には、（芥川龍之介のように）《自殺へ至る》とあり、左へのそれには（森鷗外のように）《自然死へ至る》と書かれてある。三島がどちらの道を選ぶのか《私には予測できない》と、橋川は判断を留保している。しかし橋川が、自殺へ至る道を歩む三島を予見していたのは否定すべくもない。この「解説」のタイトルがすでに「夭折者の禁欲」と銘打たれているのである。

橋川文三の見解を踏まえた上で、次に問題となるのが、いつ「林房雄論」は構想され、執筆のための準備が始まったのか、ということである。幸いなことに、その時期については、三島自身が「林房雄論」の中に書いている。

《一九六一年秋、サンフランシスコへゆく機上で、私は（林房雄の）「青年」を再読し、初読にまさる感銘を得た。こんな散文的な飛行機旅行も、「青年」の波濤のような浪曼的心情のおかげで、むかしの青年たちの熱い憧れに彩られ、めずらしくもない渡米の旅も、澎湃《ほうはい》たる野心と夢の、全生命的な達成であるように空想された》

三島は「一九六一年秋」に林の『青年』を再読した。初読がいつ頃だったのかは問わない。本稿で問題にしたいのは、まさにその「一九六一年秋」である。

わざわざ『青年』を旅行カバンに突っ込んで、サンフランシスコへの道すがら再読するというのは、それなりの理由があったに違いない。「林房雄論」が発表されたのは「新潮」の昭和三十八年（一九六三）二月号。逆算すると、原稿は遅くとも前年末には脱稿されていなくてはならない。さらにその一年余前に『青年』を再読したと、三島自身が述べているので、再読の理由は「林房雄論」執筆のためだったということになるであろう。ならば「林房雄論」が構想されたのは、もっと早い時期のはずである。「一九六一年秋」よりももっと早い時期となると、同じ年の夏か、春か。あるいはもう少し遡るのかもしれない。いずれにしても、その年の一月には『憂国』が発表されている。そのまた前年は六〇年安保である。要するに、ここでいいたいのは、六〇年安保闘争後に書かれた「二つの政治的意見」と『憂国』そして「林房雄論」の三つは、「右翼」をキイワードに一つに括られて然るべき、三島の思想的営為だったということである。それも少しずつ右翼との距離を詰めてゆくというかたちで進行した。つまりホップ、ステップと来て、ジャンプしたのが「林房雄論」であった。橋川文三が《さいきん三島は『林房雄論』によって、ほとんど初めて歴史との対決という姿勢を示した》と述べたのは、その局面を捉えてのことである。それほど林房雄は、三島にとって一つの論文を書くに値する人物だったということになる。

三島が「林房雄論」を発表したときには、まだ「大東亜戦争肯定論」は世に出ていないが、三島にとって林房雄は、次の三つの点で魅力的な存在だったはずである。

一つは、戦前には『青年』を書き、戦後には『息子の青春』等の中間小説がベストセラーとなっており、一般にも名前の知られた流行作家であったこと。

一つは、プロレタリア作家から獄中転向して右翼になり、戦後も一貫して自ら文壇右翼と称した作家であったこと。

一つは、左翼・進歩派から最も嫌われ憎まれた作家であったこと。

問題は、右の林房雄の三つの面貌が、なぜ三島に魅力的に映ったのか、ということである。三つの理由が考えられる。一つは思想の相対主義からの脱却のため。一つは文学者三島由紀夫のジレンマのため。一つは林房雄の政治力のため、である。

(1)思想の相対主義からの脱却

林房雄はプロレタリア文学の若き旗手として出発し、治安維持法違反で数度検挙され獄中で転向したが、転向者であることに負い目もひけ目も持たなかった。それどころか、右翼へ転身し、泰然として文壇右翼を自称した。

そのような人物の生き方を全面肯定した「林房雄論」は、三島の政治的立ち位置を宣明するものでもあった。橋川文三は三島のその先の死を予感して、危惧したのである。一方で、文芸評論家の磯田光一は次のように評価した（『日本』という〝美〟と〝悪〟」『殉教の美学』冬樹社　一九六九）。

《『林房雄論』は、吉本隆明氏の『丸山真男論』と並んで、近年書かれた、最も重要な思想的著作であり、前衛主義的政治理念の再検討が要求される今日、政治における心情の問題を通じて、「日本」の根源にメスを入れようとした試みとして、強い積極性をもつものである。これを文学論として眺めるならば、イデオロギイ論的方法から、思想体験の自律性を救出しようとする意図を含んでおり、政治論としてみるとき、すぐれたファッシズムの心理学として、また大衆の意識の基底部にある日本的、ロマン的心情の解析として、ユニークな成果をあげている》

磯田光一は同じ文章の中に《左翼と右翼との心情的等価性を見ぬき、思想の相対性を見ぬいている三島氏に反共的デマゴギーの意図があったなどとは到底考えられるものではない》とも書いている。だが、磯田の言をそのまま援用すれば、《左翼と右翼との心情的等価性を見ぬき、思想の相対性を見ぬいている》からこそ、三島は「林房雄論」を書き、そのふところへ飛びこんだということになる。なぜなら、三島が思想の相対主義の立場にとどまっている限り、その割腹がどんなに武士的であっても、一身上の飛込自殺や服毒自殺と同一線上の自殺でしかない。三島が欲したのはまさに武士としての死、別言すれば、対社会的な死である。だからこそ三島は「林房雄論」を書くことで、マルクス主義や皇国主義のような思想の絶対性に距離をおく思想の相対主義を捨てた。そのために三島は林をおだてあげた。次の「林房雄論」の結びの一節をみてみよ！

「永遠の青年」などという言葉は、かなり軽率に使われるけれど、林氏ほどこの呼称にふさわしい人はあるまい。この呼称の内に、近代日本の宿命をこれほど明確に体現した「永遠の青年」は、おそらく林氏の他にはない。氏はもっともっと「青年の仕事」をすべき人である。

三島は林房雄を回路にして、思想の相対主義の向こう側へ抜け出たのである。

⑵文学者三島由紀夫のジレンマ

三島の願望は、文学者としてではなく、武士として自刃することであった。しかしどのような死に方をしても、三島に冠せられた文学的天才という称号はついてまわる。結果、たとえ三島が文学を捨て、なんらかのかたちで武士として死んでも、世間はそのようには認めてくれない。事実、三島が市ヶ谷駐屯地で自刃したとき、狂気、文学の行き詰まり等を唱える言説が澎湃として沸き起こった。三島は武士として死んでも、文学者であり続けなければならなかった。現役の文学者として自刃しなければ、狂人あるいは元天才のなれの果て、文学の敗残兵とみなされた。要するに三島は、文学を捨てることが出来なかった。となると、皮肉にも、文壇嫌いだった三島の居場所こそ、文壇なのであった。

三島が武士として死ぬためには、元文学者ではなく、現役の文学者である必要があった。文学者の自殺は認めず、武士の自殺は認めるといったところで、現役の文学者の肩書がなければ、武士としての死は実現できなかった。しかも、天才文学者という盛名に包まれながら自刃するしか、選択肢はなかった。とにもかくにも自刃するまで、稀有の才能と称賛された筆力が保たれていなければ、たちまち文学の行き詰まり等々の言説に呑み込まれてしまう。それが三島の抱えたジレンマであった。

では、どうしたらいいのか。当然自刃する間際まで、文学者であり続けるしかない。その救い主ともいえる存在が林房雄であった。三島が自分の居場所として認めざるを得なくなった文壇には、林房雄という手本がいた。おそらく三島は「林房雄論」によって、文学者でいながら右翼者という肩書を手に入れ、そのジレンマから抜け出そうとした。

十三歳のときから小説を書き続け、齢《よわい》三十過ぎまで文学のみに生きてきた男が、武士として自刃するには、右翼としてなんらかの大義名分を立てるしか手がない。三島の最終的に行き着いた地点ということになるが、それでも文学者であり続けるしかなかったのである。

⑶林房雄の政治力

林房雄は文壇右翼を自称するだけあって、大東塾等右翼団体と実際に親交を結んだ作家であった。三島は「林房雄論」で、林が左翼から右翼に転向した頃のエピソードを紹介している。


戦時中、氏が、世間の言うように、右翼になったのが本当だとしたら、（事実氏は、二・二六事件に感動して、大東塾の客員になっている）、氏が真の右翼であった時期は、思想を離脱して、心情の奥底に自足していた一時期だと思われる。右翼とは、思想ではなくて、純粋に心情の問題である。塾の一同が祝詞《のりと》を唱えている最中に、酩酊した林氏はひとり革命歌を怒鳴ったが、憤慨する青年たちを制して、塾長はこう言ったそうだ。

「怒るな。彼はまだ十分にみそぎが出来ておらんのだ。しかしあの精神は必ず塾に通じるものだ」

塾長がこのとき林氏の中にみとめたものは心情であった。

林が客員になった大東塾とはどのような結社なのか。インターネット上のフリー百科事典「ウィキペディア」を参照し、まとめてみる。

昭和十四年（一九三九）四月三日に影山正治が中心となり結成された右翼団体で、一般には全国組織の不二歌道会も含め「大東塾・不二歌道会」として知られる。歌道の修業を人間形成の基本とし、人格の陶冶徳性の練磨を重視した。昭和二十年（一九四五）八月二十五日に代々木練兵場で天皇に敗戦を詫び、十四名が割腹自決を果たした。

ちなみに、敗戦時の大東塾生十四名による集団自決を論じたものに、橋川文三の次の文章がある（「敗戦と自刃」『橋川文三著作集5　昭和超国家主義の諸相　戦争体験論の意味』筑摩書房　一九八五）。

《八・一五から米軍進駐（八月二十八日）にかけて、東京においていくつかの集団自決が行なわれた。愛宕山における「尊攘義軍」十名（八月二十二日）、宮城前における「明朗会」十二名（同二十三日）、代々木練兵場における「大東塾」十四名（同二十五日）の自決がいわゆる民間の「三大集団自決事件」といわれるものである》

《大東塾から刊行された『大東塾十四烈士自刃記録』のなかに「二十五日行事」という決行予定書が収められている。まさに「行事」の予定表で、まるで舞台の筋書のように簡潔に各人の動作、発言内容が指定され、割腹のための円座における各人の位置の図示も行なわれている。その綿密な計画性のためか、この集団自決は一人の失敗もなく行なわれた》

《自刃した大東塾同人の遺書には、明らかにある思想がある。個々人によって思索過程を異にし、自殺の自覚内容もことなっている。しかし、そこには「責任」をとるという思想が、皇祖神に対する罪――したがって、みそぎの意識という形態ではあるが一貫している。自刃前においては敗戦責任者を斬って後、という議論もあったようであるが、一党の長老である影山庄平（正治の父）の人柄にみちびかれて、ごく淡々と自刃の決議に入った模様である。全体に悲憤慷慨のあげくでなかったことはおどろくべきで、ことに十八歳の少年一名をはじめ、二十六歳までの青年が六名まで占めたことを考えると、ある一つの思想によって結ばれた塾の教育というものが、いかなる力をもったかを想像させるに足りる》

大東塾は、名にしおう純正右翼である。そのような結社の客員になった林房雄は、ただの自称文壇右翼ではなかった。戦前戦後を通じて林が右翼とどのように関わっていたのか、その一端を著書『悲しみの琴　三島由紀夫への鎮魂歌』（文藝春秋　一九七二）にみることが出来る。昭和四十一年（一九六六）、三島は小説『英霊の声』を「文芸」六月号に発表した。そのとき、天皇の神格化を肯定するものだという左翼からの批判だけでなく、右翼からも天皇の尊厳を犯すものだと激しい批判を浴びた。三島への右翼テロを警戒した警察が、終日刑事を身辺に張り付けたほどであった。林はその折のことを、次のように回想しているのである。

> 彼は私との雑談の途中、話をそらして笑って言ったことがある。
> 「英霊の声は怨霊の声だという批評が出ているから、僕は右翼に狙われるかもしれませんね」
> 「その心配はない。戦後の右翼人は天皇論についても深く反省している。僕は右翼の集会で、

明治憲法下に於ては、天皇機関説の方が正論だったという講演をして、一部の青年の抗議を受けたが、指導者たちは、それは法理論の問題だから、我々はもう一度反省してみなければならぬと弁護してくれた。君はその諸君に会ってみる気はないか」

「さあ、どうしましょうかね」

その翌日、三島君は電話で右翼の指導者諸君と会うことを丁重に、しかもきびしくことわってきた。

右の引用でわかるのは、林が右翼に招かれて講演するだけでなく、その指導者とさしで話す関係にあったということである。この点こそ三島が「林房雄論」を書いた大きな理由の一つであろう。三島は右翼から唯美主義的なうさんくさい作家とみられていた。その三島が右翼の門をくぐるには、まず林の後盾を得るところから始めなければならなかった。忌憚なくいえば、三島は「林房雄論」を手土産に、文壇右翼林房雄の舎弟になった。このやり方は、若き日の三島が初対面の川端康成に自分を売りこんで師弟関係を結んだときのことを思い起こさせる。当時、三島は二十一歳の学生文士だったが、『煙草』と『中世』の原稿を携え、鎌倉の川端邸を押しかけ同然に訪れた。それでも川端の眼鏡にかない、『煙草』が戦後川端の創刊した雑誌「人間」に掲載されることに決まる。すると三島は早速「川端氏の『抒情歌』について」という評論を「民生新聞」に書いて絶賛する。その返礼として川端から『雪国』が届けられる。結果的に、「人間」に載った『煙草』が、三島の戦後文壇への登場作となるのである。以後川端と三島の師弟関係は密度を増し、世間に認知されてゆくことになる。つまり、晩年の三島は「文学的言語」と「政治的言語」を使い分けて文章を書いたが、それになぞらえれば、「文学的言語」の師匠は川端康成、「政治的言語」の師匠は林房雄というふうに、まずその道の大先輩に取り入り、その庇護下に入ることが、一種の処世術だったといえよう。俗な見方をすると、秀才によくみられる功利的合理主義である。もっとも三島の場合、そこからの巣立ちも早かった。『仮面の告白』の成功で、川端を師として立てつつ独自の世界へ遊弋《ゆうよく》し、一方の林との関係も、あとで述べるとおり、楯の会設立を機に大きく変化するのである。

2　漸進主義と急進主義

林房雄は昭和七年（一九三二）、獄中で転向し、「新潮」九月号に「作家として」を書いてその意思を表明した。翌年には、小林秀雄、川端康成、武田麟太郎、深田久弥、広津和郎、宇野浩二、豊島与志雄らと同人誌「文學界」を創刊する。同人仲間の川端康成とは家族ぐるみの付き合いがあった。鎌倉文士といえばまず第一に名前の挙がる川端が鎌倉に住むようになったのは、そもそも林の誘いによる。最初の居住先は鎌倉市浄明寺宅間ヶ谷で、隣家が林宅であった。林はそこを最期まで離れなかったが、川端は二年後に市内二階堂へ、次いで終の住み家となる市内長谷へと転居する。

三島由紀夫が昭和二十一年一月に初めて訪ねた川端邸は、長谷に転居する前の二階堂の家である。一方、林に初めて会ったのも同じ頃である。「林房雄論」の冒頭に《昭和二十一年（一九四六）か二十二年、いずれにしろ戦後の混乱の只中で、そのころ新橋の焼けビルにあった「新夕刊」という新聞社へ、氏を訪ねて行ったこともある》と書いている。それを林は昭和二十二年の夏か秋の初め、と訂正する。根拠として《私が雑誌『人間』(鎌倉文庫)の八月号にのった三島君の『夜の支度』という小説を「文芸日評」で讃めたのは二十二年の夏であった》(『悲しみの琴　三島由紀夫への鎮魂歌』)からだと述べている。三島は林に会おうと思った理由の一番目に、短編を褒められたことを挙げている。初対面の挨拶を交してしまえば、あとの出入りは自由になる。以後の二人の交流はどういう具合だったのか、林は次のように記す(同書)。

《三島君は書斎と客間をかねた私の部屋にときどき現れて、談笑し哄笑した。特に正月の二日には必ず来た。この日は同じ鎌倉に住んでいる川端康成氏の家の年賀の日なので、二時間ほど私への年賀にあて、日暮れを待って川端家に赴くのを慣例にしていた。私は七八年ほどつづいたと思っているが、妻は「いいえ、十何年間、一度も欠かしたことがありません」と言う。妻の記憶の方が正しいのであろう》

三島が昭和三十年(一九五五)に著した『小説家の休暇』の七月十五日(金)の条に、《月例の鉢の木会の日で、鎌倉の神西《じんざい》清氏に招かれている。その前に、川端康成氏と林房雄氏の御宅へ立寄る。今月の会には、北海道講演旅行中のため、福田恆存《つねあり》氏が欠席である。その代り、ゲストに芥川比呂志氏が招かれ、のちに林房雄夫妻も加わった。十一時半に辞去して、吉田健一氏、芥川氏と三人で、東京までタクシーで帰る。帰宅は十二時半になった》と、ある。

昭和三十三年(一九五八)の「新潮」四月号から翌年九月号まで連載した「裸体と衣裳」の四月十六日の条には、《林房雄氏令息と河盛好蔵氏令嬢との結婚披露に列席する》と、ある。

これらの記述から、遅くとも昭和三十年すなわち三島三十歳のときには、林とは同業の先輩後輩という通り一遍の付き合いではなかったことがわかる。その気になれば、林と右翼関係者の親密度も知ることが出来たであろう。そして丁度、三島の三十歳は、十五年後の自死へ向かって、その一歩を踏み出したときなのである。

松本徹編著『年表作家読本　三島由紀夫』をみると、初めて林の名前が現われるのはやはり昭和二十二年（一九四七）八月で、《「夜の支度」を「人間」に発表。それを「新夕刊」の「文芸日評」で取り上げてくれた林房雄を、新夕刊社に訪ね、交際がはじまる》と記されている。そして、再び林の名前が現われるのが、十六年後に発表された「林房雄論」のタイトルにおいてである。以降、同年表には林の名前が頻出する。関連記事を含めてまとめると、次のようになる。

昭和三十八年（一九六三）
「林房雄論」を「新潮」二月号に発表。八月、『林房雄論』新潮社刊、八百円。林房雄の「大東亜戦争肯定論」が「中央公論」九月号より連載開始（四十年六月号まで）。三島が『剣』を「新潮」十月号に発表。同作を林は「文芸時評」（「朝日新聞」九月二十七日）で「美しく激しい作品」「鮮烈な作者の美学が秘剣となって輝きつつ現代風俗を斬り裂く」と評価。

昭和三十九年（一九六四）
三月、三島が「胸のすく林房雄氏の文芸時評」を朝日新聞ＰＲ版に発表。十一月、林の『大東亜戦争肯定論』（番町書房）の推薦文を発表。

昭和四十一年（一九六六）

三島が『英霊の声』を「文芸」六月号に発表。十月、林との対談集『対話・日本人論』（番長書房）刊行。十二月十九日の雨で暗い午後、林の紹介状を持って民族派の雑誌「論争ジャーナル」の編集者、万代潔が訪ねてくる。三島はとつとつと述べる万代の様子に感銘を受けた。『豊饒の海』第二巻の『奔馬』連載第一回分を脱稿した直後で、虚構が現実になったとの思いを抱く。

昭和四十二年（一九六七）

二月七日、「日本学生新聞」創刊号に林房雄らと祝辞を寄稿。三島の寄稿文のタイトルは「本当の青年の声」。四月十二日、久留米陸上自衛隊幹部候補生学校の隊付《たいづき》となる。

昭和四十三年（一九六八）

五月三日から五日にかけて、日本学生同盟セミナー全国研修会（八王子の大学セミナー・ハウス講堂）に講師として出席。講師はほかに林房雄、村松剛。「文化防衛論」を「中央公論」七月号に発表。六月二十四日、全日本学生国防会議の結成大会（市ヶ谷私学会館）に出席、祝辞を述べる。八月、中央公論社刊行の『日本の文学40　林房雄　武田麟太郎　島木健作』に「解説」を発表。九月、「楯の会」の名称決まる。十月五日、「楯の会」が虎ノ門教育会館で正式に発足。四十数人の会員が制服を着用して集まった。

昭和四十四年（一九六九）

五月、「本書に寄せる」を谷口雅春著『占領憲法下の日本』（日本教文社）に、また「一貫不惑」を影山正治著『日本民族派の運動』（光風社）付録として発表。林房雄との対談「リモコン左翼に誠なし――現代における右翼と左翼」を「流動」創刊号（十二月号）に発表。

昭和四十五年（一九七〇）

「革命哲学としての陽明学」を「諸君！」九月号に発表。十一月二十五日、三島由紀夫、森田必勝自刃。十二月十一日、有志（発起人総代林房雄）により「三島由紀夫氏追悼の夕べ」が池袋豊島公会堂で開かれる。

右の年表で一目瞭然、三島の「林房雄論」が口火となり、二人は友人知人の域を越え、同志的な関係を強めてゆく。雑誌での対談を重ね、民族派学生のセミナーに講師として同席する等、共同歩調が目につくようになる。一般的に三島の顕著な右傾化は昭和四十年前後に始まったとされるが、その傍らに重しのように座っていたのが林房雄である。いわば林は右翼者三島由紀夫の後見人で、存在感は大きかった。

民族派学生にとっても、林はただの文壇右翼ではなかった。七〇年安保当時、日本学生同盟の幹部だった評論家の宮崎正弘は、こう書いている（『三島由紀夫はいかにして日本回帰したのか』清流出版二〇〇〇）。

《三島の難解な文章は分からなくとも、林房雄の『大東亜戦争肯定論』や『緑の日本列島』を聖典のようにして、〔民族派の〕ほとんどの学生が読んでいた。この時点で、三島は「文化防衛論」を書いておらず、「陽明学」の講釈もない。思想的著作からいえば、民族派学生たちの教祖的存在は明らかに林房雄だった》

宮崎正弘によれば、民族派学生がカリスマとあおぐ人物は、三島が「文化防衛論」を発表する前までは、林房雄であった。であれば、右の年表にある昭和四十三年（一九六八）五月初旬の「日本学生同盟セミナー全国研修会」の三人の講師、三島、林、村松のうち主役を張っていたのは当然、林ということになる。セミナー受講生の熱い視線の先にいたのは林房雄なのである。ここに、わたしたちのような右翼の消息に疎い者の思い違いがある。三島は当時、文学の領域を超えたサブカルチャーのスーパースターだったので、どうしても中心に捉えがちだが、必ずしもそうではない。宮崎はこうも書く（同書）。

《民族派や右翼人たちは三島由紀夫によいイメージを持っていなかった》

《昭和三十五年に書かれた『憂国』は、エロスの場面が多すぎるとして不快感を持ち、とくにあの映画は二・二六の将校に対して失敬ではないか、軍人を描くにしては初歩的な事実誤認――たとえば所属部隊や階級――も散見される、等々。どの愛国陣営も芳しい評価を与えていなかった》

この時期、世間では三島の右翼的言動に関心が集まっていたが、当の右翼陣営は渋い顔をしていた。彼らが一目置いていたのは林房雄で、林あっての三島という構図だったのである。逆にいえば、林は新参右翼三島由紀夫の引き立て役であった。その役回りにおいて、林は三島にとってなくてはならない人、身元保証人といえる存在であった。そしてなによりも、三島の自刃の道筋をつけた人でもあった。なぜなら、右の年表の昭和四十一年（一九六六）十二月に、林の紹介状を持って三島を訪ねた、民族派の雑誌「論争ジャーナル」の編集者万代潔との出会いが、楯の会発足の端緒となったからである。三島はそのときのことを「青年について」というエッセイで、感動をこめて書いている（「論争ジャーナル」一九六七・二）。

私はこの初対面の青年が訥々と語る言葉をきいた。一群の青年たちが、いかなる党派にも属さず、純粋な意気で、日本の歪みを正そうと思い立って、固く団結を誓い、苦労を重ねて来た物語をきくうちに、私の中に、はじめて妙な虫が動いてきた。青年の内面に感動することなどありえようのない私が、いつのまにか感動していたのである。私は万代氏の話におどろく以上に、そんな自分におどろいた。〔略〕私は青年を忌避しつつ、ひたすら本当の青年の出現をまっていたのかもしれない。

林は、楯の会の影の仕掛け人といっても過言ではない。しかし、少し意地の悪い見方をすれば、三島は「林房雄論」を書き始めた当初から、右翼関係者と親交のある林を介して、そのような右翼青年が出現するのをどこかで心待ちにしていたのではないか、と考えられなくもない。事実《私は青年を忌避しつつ、ひたすら本当の青年の出現をまっていたのかもしれない》と書いているのである。《まっていたのかもしれない》はあくまで婉曲的な言い回しにすぎない。間違いなく「まっていた」のである。つまり、のちの楯の会そのものではないにしても、それに近い姿の、いわば三島党といえるような組織の結成を目論んでいたと考えられるのである。だが宮崎正弘のいうように、三島に対しては《どの愛国陣営も芳しい評価を与えていなかった》。三島にとって、そこに風穴を開けてくれるのが、右翼学生・青年に絶大の人気がある林なのであった。林の篩《ふるい》にかけられた志操堅固な若者が、いつか自分の前に現れてくれると三島は期待した。あるいは二人の間にそのような若者を紹介する黙契があったのかもしれない。三島が右翼者として事を起こし、自刃するためには、幾人かの同調者がいなくてはならない。三島の場合、単独の行動では狂人や敗残者のように扱われるだけである。故に、たとえ少人数でも、一党を組むことが不可欠の条件となった。実際市ヶ谷決起は、三島を含む五人で決行された。

のちに三島は、林を介して会った青年を足掛かりに楯の会を設立すると、林からは距離を置くようになる。だがそれは、そうなるべくしてそうなったということである。三島の右翼化の原点に立ち戻れば、遅かれ早かれ、いずれどこかで、林とは袂を分かたねばならなかった。その象徴的ともいえる出来事が徳岡孝夫著『五衰の人　三島由紀夫私記』（「文學界」一九九五・十一―一九九六・九）に記されている。同書によれば、それはあまりに不可解な話なので、三島の死後二十五年もの間、徳岡の胸にたたまれていたという。

昭和四十五年（一九七〇）の九月というから、三島が自刃を決行する約二か月前のことである。当時「サンデー毎日」の記者だった徳岡孝夫は突然、三島に銀座の割烹、浜作に来るよう呼び出された。拾ったタクシーが渋滞に巻き込まれ、約束の時間に四十分遅れてしまった。三島が時間にうるさいことは知れ渡っていた。徳岡は三島がいるはずの部屋へ息せき切って入った。そのときのことを、こう書いている。

三島さんは畳の上に寝そべっていた。私の言い訳には相槌も打たず、自堕落に寝たままいきなり言った。

「林さんはもうダメです」

「え？」

「もうダメです。あの人、右と左の両方から金を貰っちゃった」

それまで私が見たことのない、世間の人が三島由紀夫に想像したこともない、投げやりな姿と言葉遣いだった。そのうえ執拗であった。何度も「向こうから金を貰っちゃったんだ」と、まるで私に向かって訴えるかのように繰り返した。綿々とかき口説いた。普段そんなに飲まない人が、少し自暴自棄に酔っていた。


徳岡は、三島の口から吐き出され、直接自分の耳で聞いた話ではあっても、どうしても信じられなかった。林房雄が右翼から金を貰うことはあっても、左翼からもというのはなんとしても考え難い。そこで、なぜ三島はあのようなことをいったのか、永く心に残っていた疑問を解くため、かつて民族派の学生だった二人の人物に真偽をたしかめることにした。二人の話では、事実左翼に対抗する学生への政財界や右翼団体の応援による資金があったという。但し、そのまま学生に渡してはけじめなく使ってしまうおそれがあったので、後見人のような立場だった林が一時預かり、毎月分配していた。金額は機関紙の印刷代の半分程度であった。

林の暮らしぶりは質素であったらしい。林は学生たちを自宅に呼んで学習会を開いており、二人もその参加者だったのであろう。そして、まさか左翼から資金を受けるはずがなく、誤解だったのではないかと、三島の言を否定した。次いで、楯の会が設立された頃の三島と林との関係を訊いてみると、両者の間には溝が生じていたという。徳岡は前掲書でこう述べている。

左翼の学生運動が四分五裂したように、右翼学生団体にも離合集散があった。さらに、少なくとも一時的には林、三島、石原慎太郎氏らの間で学生を取り合い、学生側も各「先生」を囲い合う現象が起きた。現に楯の会の結成時に、林氏は「そんなことをすれば活動家を学生団体から引き抜くことになり、トラブルが起きかねないぜ」と三島さんを諫《いさ》めた。

しかし三島さんは強引に楯の会を作っただけでなく、ついには楯の会に冷淡な人々を白眼視するに至った。自然、林氏との仲も疎遠になった。私が銀座で三島さんと会ったころは、ちょうどそういう傾向が甚しいときだったというのである。

当時の民族派学生の目には、楯の会による会員の獲得行為が、学生団体からの活動家の引き抜きと映り、それが三島と林の対立を生んだと認識されていたことがわかる。

だが、その対立の前提として、三島と林の間には、政治スタンスにおいて、根本的に相容れないところがあったと思われる。三島事件直後に書いた『悲しみの琴　三島由紀夫への鎮魂歌』を読む限り、林は長期的視野に立った行動の政治的有効性を重視した。第一章を思い出してもらいたいが、森田必勝らのグループが脱退した日学同と同じ考え方である。他方、三島は行動の無償性がすべてであった。前章で述べたとおり、三島の分身である『剣』の主人公、国分次郎の自殺をみてみよ。

三島の考える行動は『剣』や『奔馬』の主人公にみられる如く、一直線に死へ結びついていた。三島が楯の会をつくって自分の意のままに動かし始めると、林はそれを危惧したのではないか。

昭和三十八年（一九六三）の「新潮」十月号に三島が『剣』を発表したとき、朝日新聞の書評欄を担当していた林は、《美しく激しい作品》で《鮮烈な作者の美学が秘剣となって輝きつつ現代風俗を斬り裂く》と論評した。それが原稿用紙の上だけでは済まなくなっていることに、林は危なさを覚え始めたのではないか。

二人のスタンスの相違は、一見どこにでもある政治セクト内の漸進主義と急進主義の対立に映る。けれども、そのような路線対立と決定的に異なるのは、林の漸進主義に対する三島の急進主義が、あらかじめ切腹願望を胸中に秘めていたことである。故に、いつか三島が林から離れるのは必定であった。

しかし、それを踏まえてもなお、《「もうダメです。あの人、右と左の両方から金を貰っちゃった」》という三島の発言には、不自然な点が多すぎる。

第一に、先の元民族派学生の二人だけでなく、誰もが疑問に思うに違いないが、林が右と左の両方から金を貰ったという話は、一体どこから仕入れたものなのか。三島はそれを信じた。だからこそ徳岡を銀座に呼び出し、酒に酔って《訴えるかのように繰り返した》。だがそれ以前に、三島と林は政治的同志といい得る良好な関係にあったはずである。にもかかわらず、三島は怪しげな話の方を全面的に信じてしまった。三島はそんな単純な男であったのか。小説を書く際には徹底した裏付け取材を欠かさなかった三島が、どうして軽々しくこのような話を信じてしまったのか。誰かになにか確たる証拠のようなものをみせつけられたのか。

第二に、三島はなぜ徳岡にそのような話を聞かせたのか。徳岡自身も首をかしげて、《愚痴をこぼしたいなら私よりももっと適当な聞き手がいるだろうに、と思った》《私は三島さんの愚痴（ないしは悲憤慷慨）の聞き手として、滑稽なほどミスキャストだった》と書いているほどである。三島と徳岡の関係は、前掲書のあとがきによれば《僅々三年半で、それも途切れ途切れに会ったにすぎない》。このようにまだ付き合いの浅い者に、酒に酔って愚痴をこぼし、醜態をさらすのは腑に落ちない。徳岡に対する一方的な親近感を、三島は抱いていたのか。

第三に、これは第二の疑問に関連するが、徳岡が書いているように、もっと相応しい愚痴の聞き手がいたのではないか。たとえば本稿で、その著書から幾度も引用している村松剛である。三島とは同世代で、親の代からの家族ぐるみの付き合いがあり、民族派学生のセミナーに三島、林とともに講師として参加する等、三島とは個人的にも政治的にも親しい関係にあった。林とつながりがある点でも、三島が林の醜聞に憤慨したのであれば、まず村松に真偽について意見を聞くべきだし、愚痴をこぼすにしても、最も相応しい。とはいえ、その一件が生じた頃の三島が、村松と疎遠になっていたのも事実である。村松は、次のように書いている（『三島由紀夫——その生と死』）。

《三島氏はある時期までは、ずいぶんいろんなことを打明けて相談してくれていました。ある時期というのは、昭和四五年の春ころです。四五年の春は、氏が決行を決意したときでした。／本文中にも書いたことですが、死を決意してからあと、とくに夏以後の氏は、ぼくなどの手のとどかないところに去っていました》

いずれにせよ、全幅の信頼をよせるにはまだ日の浅い週刊誌記者に、先のような話を漏らすのは、どうみても不自然である。愚痴をこぼせる友人もいなかったのか。あの多士済々の交友関係は全て見かけにすぎなかったのか。孤独の果てに辿り着いたのが徳岡であったのか。

第四の疑問は、これが最も重要な点だが、三島が決行日を定めた時期と、徳岡に愚痴をこぼした時期について、である。

昭和四十五年（一九七〇）九月に、徳岡は三島から愚痴を聞かされた。一方、三島が十一月二十五日を決行日と定めたのは、『年表作家読本』によると、同年の七月五日である。とすると、三島は自刃の決行日を定めたあと、徳岡に愚痴をこぼしたことになる。林の一件が、三島にとっては失望すべき背徳行為だったにせよ、すでにそのときには自分の死の日取りまで決めていたのである。そういう人間が、他人の金銭授受について、くどくどと愚痴をいってまでこだわる必要がどこにあるのか。仮にこの話が事実でも、「林さんはつまらない、おそまつな人間だ！」の一言で片付ければいい。徳岡を銀座に呼び出した頃の三島は、すでに人間の私利私欲を達観した末期の目を持っていたと考えるべきであろう。第一愚痴は俗世に心を残すことでもある。そのような未練がましさは、決して三島の望むところではあるまい。にもかかわらず三島は、現に徳岡の目の前で、これ見よがしに醜態をさらしたのである。

三島はわずか三年半の付き合いにすぎない徳岡に、数倍の年月の親交を重ねて来た林の「背徳行為」を、証拠も示さず一方的に聞かせた。これは林の名誉をないがしろにしたかなり乱暴な行為である。この三島の不可解な動きは一体どこから来たのか。おそらく唯一の解釈は、三島が徳岡を利用しようとした、ということである。

当時の徳岡は「サンデー毎日」の記者であった。「サンデー毎日」は周知のとおり毎日新聞傘下の週刊誌である。三島は「行動学入門」を平凡出版（現マガジンハウス）の若者向けの雑誌「Ｐｏｃｋｅｔパンチ０ｈ！」に八月号まで連載していたが、雑誌の信頼度からすれば、「サンデー毎日」の方が格段に上である。その誌上に三島本人からの取材記事として、林の「背徳行為」が掲載されたとしたら、当然二人の親密な関係は一瞬のうちに壊れる。その場合、三島の手元に残るものはなにか。当時の三島は楯の会を結成して百名に迫る私兵を抱え、一方では「文化防衛論」「反革命宣言」「革命哲学としての陽明学」「行動学入門」等を書き、右翼革命家としての存在感を大きくしていた。そこには、もはや身元引受人として林を必要とするような、かつての姿はみられない。そこにみられるのは、「背徳行為」を告発し、既成右翼の象徴的人物たる林房雄に絶縁状をたたきつけた、紛れもない純正右翼としての三島由紀夫の姿である。

だが、なぜ三島はそのような告発行為をしたのか。おそらく三島は行動右翼として自分の死に臨むにあたり、周辺に既成右翼の影がちらつくのを嫌った。戦前戦後を通じて世間の林を見る目は厳しく、林という存在にある種のいかがわしさを感じ取っていた。従って林が右と左から金をもらったという醜聞が表沙汰になったとしても、世間の大半はあの林ならそれくらいのことはすると思い、三島の告発を疑うのはごく少数であったろう。林は弁明すればするほど守勢に立たざるを得なくなる。反対に、告発者である三島は傷一つつかない。しかも三か月後にはこの世から消え失せているのだから、後腐れもない。つまり、三島は自分の右翼者としての純粋性をきわだたせるために、林を週刊誌に売ったのではないか。

そのように徳岡が考えたかどうか、いまや当人も鬼籍に入っているため確かめようもないが、たぶん考えたことは考えたに違いない。だが、当時の徳岡の下した判断は黙殺であった。察するに冷徹なリアリストの徳岡孝夫は、二十五年もの時を置いてその秘話を公開した理由を次のように書いている（前掲書）。

《話がゼニ金に関係することだけに、言わずもがな書かずもがなだと思って、私は今日までこのことを黙ってきた。いまなお書かずもがなだが、三島さんも林氏も逝って長い時が経つ。もはやだれも傷つけないだろう、このことだけ黙っておくのも鬱陶しいと思って、敢て述べたのである》

三島は雑誌記者なら舌なめずりするようなネタを徳岡へ提供した。それが特ダネとして「サンデー毎日」の誌面を飾るかどうかは徳岡の胸ひとつであった。記事の掲載が十一月二十五日の決行前になるか、日本中が騒然とするはずの決行後になるか、三島は徳岡に時限爆弾をゆだねたようなものである。しかしその爆発の瞬間を、三島は自分の目でみることがなかった。わたしたちがその記事を目にしたのも、三島の死後二十五年を経てからである。それが持つはずだった破壊力は、風化してしまった。

特ダネをものにするのが辣腕記者なら、三島は徳岡の慎重なリアリストの側面を見誤ったことになろうか。もしもそれが事件の前後にか、たとえ小文の囲み記事であっても誌面化されていたら、憂国忌は様変わりしたかもしれない。

事件から十六日後の十二月十一日、豊島公会堂で、有志による「三島由紀夫氏追悼の夕べ」が開かれた。その有志発起人代表が林房雄であった。翌年の追悼会からは名称も憂国忌、開催日も命日の十一月二十五日と決められ、今日に至るまで続いている。三島由紀夫研究会編『「憂国忌」の四十年』（並木書房　二〇一〇）の巻末に収められた「憂国忌の四十年」には、第一回の有志発起人代表としてのみならず、第二回、第三回の参列者リストの筆頭に、林房雄の名前が載っていて、その存在感の大きさがわかる。歴史にもしもはあり得ない。それでも徳岡が記事にしていたら、巻末の「記録」に林の名前が載ったかどうか。いわんや憂国忌自体、どうなっていたかと思わざるを得ない。林は三島の自刃から五年を過ぎて、この世を去った。享年七十二歳であった。

徳岡孝夫は『五衰の人　三島由紀夫私記』の原稿を書く必要上、三島の「林房雄論」と林の『悲しみの琴　三島由紀夫への鎮魂歌』を読み比べた。そして《いかにも過褒《かほう》だという印象を受ける》と読後感を記した。文字どおり、互いに相手をほめ過ぎているというのである。

三島は「林房雄論」で右翼の門をくぐろうとしたと思われるので、そういう論調はやむを得まい。一方の林は、作家としてこれほど嬉しかったことはあるまい。過褒であっても、自分の作品を取り上げてくれた本格的な評論には違いない。この地滑り的に林を肯定した「林房雄論」は当然ながら、民族派宮崎正弘の次のような見解を引き出す（『三島由紀夫はいかにして日本回帰したのか』）。これこそ三島が狙ったものだといえよう。

小林秀雄流に他人の作品を通して自らを語ることが評論であるとするなら、まさしく「林房雄論」こそ、三島の「転向声明」なのである。ただし三島は一度も左翼にかぶれたことはないから、転向というより自分の思想的立場の確認宣言である。

宮崎は「林房雄論」を、三島の転向声明ないしは思想的立場の確認宣言と呼んでいる。戦前戦中、多くの共産主義者が獄中において発表した転向声明は、自分の命を守るため、生きのびるためのものであった。林房雄もそうであった。ところが三島の「転向声明」は、ベクトルが逆向きである。これまで本稿で示唆してきたとおり、三島の「林房雄論」は死ぬための、自刃のための、括弧つきの転向声明というべきものである。なぜ三島はそうまでして「転向声明」を出さなければならなかったのか。むろん「武士として」自刃するために、であった。

第八章　楯の会とは

1　敵はこしらえるもの

武士は敵あっての存在である。敵がいなければ、武士という職業は成り立たない。武士および武士団は、敵と判断される相手との対抗関係の中から生まれた。同様に国が軍隊を持つのは、敵対する国があるからである。生憎《あいにく》敵と名指しできる国がなければ、仮想敵国をつくる。軍隊は敵国とみなせる相手がどこかになければ、存在意義を失ってしまう。武士が武士であるためには、敵がいなくてはならない。でなければ、江戸時代の武士が藩主の領国経営の下で行政官僚化したように、名ばかりの武士となってしまう。ちなみにそのような武士を役人と呼ぶ。

三島由紀夫は二十九歳のとき、「芥川龍之介について」（一九五四）に《武士の自殺というものはみとめる。しかし文学者の自殺はみとめない》と書いた。それは武士の自殺と文学者の自殺を比較した、どちらが好ましいかというような衒学《げんがく》的な思考の遊戯ではなく、将来にわたる自分の生き方を表明した、内なる宣言であった。そして宣言どおりに三島は三十歳以降を生きる。

三島は武士たらんとして剣道を学び始めた。しかし、武士たるためには敵がいなければならない。しかもその敵は、衆目が一致して、あれは三島の敵だと肯《うなず》く相手でなければならない。どこの誰だかわからない相手を敵とみなして刀で斬り捨てても、それは武士の行為ではない。殺人狂にすぎない。加えて、三島の考える武士はモラーリッシュでなければならなかった。

《文学には最終的な責任というものがないから、文学者は自殺の真のモラーリッシュな契機を見出すことはできない。私はモラーリッシュな自殺しかみとめない。すなわち、武士の自刃しかみとめない》（「日沼氏と死」）

武士に相応しい武術の技量を身につけても、武士のモラルを満足させるに相応しい敵がいなければ、武士になることはできない。それが三島の価値基準であった。三島が希求する武士としての死を成就させるためには、敵に値する相手が要《い》る。三島は敵たるに相応しい敵をみつけなければならなかった。三島が導き出した結論は単純明快であった。敵がいなければ、こしらえればよい。三島自身が語っている。偶然かどうか、そう語ったのは、右の《私はモラーリッシュな自殺しかみとめない》と書いたのと同時期である。

昭和四十三年（一九六八）十月三日、早稲田大学大隈講堂で同大尚史会主催の討論会が催された。折しも新左翼の街頭闘争が高揚期を迎えていた時期である。大学のみならず社会全体が一種騒然とした雰囲気に包まれていた。三島は学生との討論会の檀上において、自分の敵とはどういうものかを率直に語っている。学生の質問とあわせて以下に引用する（「国家革新の原理――学生とのティーチ・イン」『文化防衛論』新潮社　一九六九）。

学生O　先生の反共の理由なんですが、その中には、自分が優れた能力や才能を持っているのに共産社会になると、それが十分に発揮できなくなるからという気持もあるんじゃないかという気もします。〔略〕それで先生の場合なんですけれど、共産主義否定という理論と、行動する作家というのはどうなっているんでしょうか。

そして、能力の劣った者や逆境におかれた人間と自分とを比べた場合、先に言ったような悩みから出発して、自我とヒューマニズムという観点から革命を考えたことはないのですか。

三島　あんまり私悩まんですね。私の場合は率直にいいますと、まず行動ということを考えた。それが先です。私は、思想ないし観念、精神というものがどうして敵を見出さない時にこんなに衰弱するものかということを骨身にしみて感じた人間だと思うのです。私は初めは芸術至上主義者でした。芸術というものがある。それを守るためにはとにかく芸術の城を守っていればいいのだと固く信じていたのです。ところが、それでは人間はどうしても精神というのを維持できないですね。それが行く先は、蒔絵の箱をかいている無形文化財的職人だとか、瀬戸物のきれいなのつくるとか、そういう人間ならばいいが、私の精神の中にそれで満足できないものがあるわけですね。どうしても人間というものは行動をして精神が動かされなきゃいかんということをまず考えた。精神が動き出すにはどうすればいいのだ。それは肉体を動かさなきゃ駄目だということがわかった。肉体を動かしてみた。肉体を動かしてみたが、ただ動かしているのは気違いだ。ゴーゴー・バーなんかへ行けば、ただ肉体を動かしているのはいっぱいいるけれども。どうしてもある行動を考えたならば、ジードの無償の行為なんというものはないと私は思う。行動には必ずリアクションがある。そのリアクションはどこからくるかというと、自分の敵からくるわけですね。敵がなければかなわん。私はどうしても自分の敵が欲しいから共産主義というものを拵えたのです。これを敵にすることに決めたんです。共産主義者にうちの子供の頭を殴られたわけでも、自宅へ火をつけられたわけでもない。そういう点で私のは理由が薄弱なんです。〔略〕私は自分の行動を起すにはどうしても敵がなきゃならんから選んだ。

学生Oが三島に対して、共産主義否定の理論と行動する作家というのは、どう繋がっているのかと問いただした。傍線を付しておいたが、三島は《私はどうしても自分の敵が欲しいから共産主義というものを拵えたのです》《私は自分の行動を起すにはどうしても敵がなきゃならんから選んだ》と答えている。「拵えた」とはどういうことか。「こしらえる」の意味はいくつかあるけれども、三島の発言に即せば、「あれこれ手を加えて、思うようなものに仕上げる。つくり上げる」(『広辞苑』第六版)、「相手をだますために、もっともらしい話や理由を作り上げる」(『大辞林』第三版)というのが適切であろう。要するに、三島の発言の主旨は、行動を起こすには敵が必要なので、共産主義を敵に仕立てたということである。共産主義は資本主義の敵、天皇制を否定する敵なので行動を起こしたというのならわかる。しかし、三島の理由はみごとに逆転している。

三島は、武士の自刃しか認めないと述べた。なぜなら、武士の自刃には《モラーリッシュな契機》を見出すことが出来るからだと。だが、三島の述べる行動には《モラーリッシュな契機》が見当たらない。行動が先立っていて、肝心の動機が曖昧である。要は行動を正当化できるそれらしい理由があれば、なんでもいいのではないか。いわば行動のための行動で、共産主義否定のための行動ではない。

学生との討論会から二日後の十月五日、三島は楯の会を正式に発足させている。翌年十一月の一周年記念式典で発表した「「楯の会」のこと」という一文では、間接侵略という概念を用いて、《間接侵略とは、表面的には外国勢力に操られた国内のイデオロギー戦のことだが、本質的には、（少くとも日本にとっては）日本という国のIdentityを犯そうとする者と、守ろうとする者の戦いだと解せられる》と記し、その《守ろうとする者》の側に立つのが楯の会なのだと述べている。もちろん《犯そうとする者》とは共産主義を指し、楯の会は《守ろうとする者》の民間の軍事組織という位置づけである。ところが前年の大隈講堂では、《私はどうしても自分の敵が欲しいから共産主義というものを捗えたのです。これを敵にすることに決めたんです》と述べていた。となると、論理上、楯の会は、三島が元来自分の敵ではない共産主義を敵に仕立て上げ、それに対抗するために設立した団体ということになる。

前述のとおり、小林秀雄は三島の『金閣寺』を評してリアリティがないと述べていた。澁澤龍彦は三島の現実感覚の希薄さを指摘していた。二人の見方から察せられるのは、三島が現実世界の確かな手ごたえを感じられなかったということである。ならば、本質的に三島には敵が存在しなかったと言えるのではないか。いわんや政敵をや。故に共産主義を敵に仕立てた。その共産主義から日本を守るという大義を掲げた楯の会は、つまり三島の二枚舌により設立されたことになる。虚から楯の会という実をつくり出したのである。

2　楯の会をめぐる四つの疑惑

その一

楯の会は、三島がオーナーで全権を掌握する総勢百名の「小さな軍隊」であった。三島は楯の会を維持運営するための費用すべてを自分のポケットマネーで賄った。活動期間は昭和四十三年（一九六八）十月の結成から四十五年十一月二十五日までの二年余である。フランスのド・ゴール将軍の軍服を手がけたという五十嵐九十九《つくも》のデザインによる制服、月例会等諸行事の会場費、飲食費に至るまで、全て三島が自腹を切った。楯の会が三島の私党たる所以である。年間の出費は当時の金額で一千万円（現在の四千二百万円ほど）を超えたようで、いかに売れっ子作家でも、かなりの負担だったはずである。その費用を捻出する唯一の手段は、出版社等から支払われる原稿料や印税であった。たとえば元ヤクザで、のちに『塀の中の懲りない面々』（文藝春秋　一九八六）等を書く安部譲二をモデルにしたエンターテイメント小説『複雑な彼』を、小学館の週刊誌「女性セブン」に昭和四十一年一月一日号から七月二十日号まで連載している。同年八月に集英社で単行本化され、昭和六十二年に集英社文庫に収められているが、その解説で安部譲二は次のように書いている。

《後で聴いた話では、三島由紀夫先生の私兵の「楯の会」を創る費用を捻出されるために、この「複雑な彼」は書かれたということです》

昭和四十一年には『複雑な彼』以外にも、同じエンターテイメント小説の『夜会服』を月刊誌「マドモアゼル」の九月号から翌年八月号まで連載している。エッセイでも「おわりの美学」を週刊誌「女性自身」の二月十四日号から八月一日号まで連載し、『三島由紀夫レター教室』も引き続き同誌の九月二十六日号から翌年五月十五日号まで連載している。昭和四十二年には、大規模な広告宣伝で数多くのベストセラーを産み出していた光文社から、書き下ろし評論『葉隠入門』を一般教養新書として刊行。発行元を光文社にしたのは、印税目当てだったといわれている。昭和四十三年には、『命売ります』を週刊誌「プレイボーイ」の五月二十一日号から十月八日号まで連載し、「若きサムライのための精神講話」を月刊誌「ＰｏｃｋｅｔパンチＯｈ！」の六月号から翌年五月号まで連載している。なお、連載のほとんどが終了後、直ちに単行本化され、全ての印税が楯の会に注がれたと考えられている。

『複雑な彼』が楯の会をつくる費用の捻出のために書かれたとすると、その皮切りは、一年前の昭和四十年二月七日から十二月十九日まで、サンケイ新聞に連載された「反貞女大学」ということになろう。なぜなら、団体設立と維持運営のための資金稼ぎとおぼしい作品の特色をみると、評論分野では三島の仕事の中でも軽評論に属するエッセイであり、小説では自らエンターテイメントと呼んだ種類のものだったからである。ちなみに、一連の資金稼ぎが始まったと思われる昭和四十年といえば、三島の「十五年計画」の第三期へ入る過程である。

とはいえ、『複雑な彼』が楯の会の設立費用捻出のために書かれたとする安部譲二の解説と、第七章で触れた、楯の会の設立のきっかけとなる「論争ジャーナル」の万代潔との出会いを述べた三島のエッセイ「青年について」（一九六七）には、辻褄の合わない点がある。

万代潔は昭和四十一年（一九六六）十二月十九日、雑誌「論争ジャーナル」を創刊するため、三島に協力を求めた。それを機に「論争ジャーナル」の関係者が足繁く通って来るようになり、三島は「俺の生きている間は君達の雑誌には原稿料無しで書く」と約束するほど親密になってゆく。翌年一月に創刊された「論争ジャーナル」の誌面は、以後二年間にわたり三島の論文や対談等で飾られることになる。

昭和四十二年(一九六七)、三月号座談会「二・二六事件と殉国のロマン」、八月号座談会「現代日本の革新とは」、十月号「青年について」、十一月号対談「文武両道と死の哲学」。

昭和四十三年(一九六八)、二月号対談「天皇と現代日本の風土」、五月号座談会「戦後のデモクラシーと反抗する世代」、七月号「五月革命」、十月号「三島由紀夫氏と体験入隊学生は語る——自衛隊の内側から見たチェコ問題」、十二月号アンケート「新宿騒動——私はこう見た」。

昭和四十四年(一九六九)、二月号「反革命宣言」。

以上が「論争ジャーナル」に掲載された三島の記事だが、同誌の関係者を中心に、三島を隊長とする祖国防衛隊が結成されるに至る。この祖国防衛隊が母体となり、楯の会が立ち上げられるのである。

問題は三島のエッセイ「青年について」で、万代が訪ねて来たと記す昭和四十一年十二月十九日という日である。この日の万代との感動的な出会いが青年嫌いの三島の心を動かし、結果的に楯の会の立ち上げへ繋がっていったと、一般的には考えられている。本書もその線上で論を進めて来た。その前提にあるのが「青年について」の記事内容である。

ところが、安部譲二によれば、楯の会の設立費用捻出のために書かれたという『複雑な彼』は、先にみたように「女性セブン」の昭和四十一年一月一日号から連載が始まっている。つまり三島が万代に初めて会ったのは、その約一年後のことになる。また、編集作業のせわしい週刊誌の連載なので、原稿自体は前年十二月よりも早く、数回分を編集者に渡していたかもしれない。逆算すると『複雑な彼』は、三島が万代と感動的な対面を果たした昭和四十一年十二月十九日の一年以上前には、とっくに書き出されていなくてはならない。つまり三島は、万代と出会う一年以上も前から、楯の会の設立費用捻出のための原稿を書いていた、ということになる。しかも軍資金稼ぎの原稿執筆は、前述のとおり、推定では昭和四十年二月九日にサンケイ新聞で連載が始まった「反貞女大学」まで遡れるのである。三島は万代と出会って心を動かされる約二年も前に、楯の会とはいわないまでも、同種の団体説立の準備をしていたことになる。

楯の会の前身の名称は祖国防衛隊であった。それを楯の会に改める際、当初の三島案は、幕末の尊王攘夷過激派の久坂玄瑞《くさかげんずい》の「御楯《みたて》組」にならい「御楯会」としていた。しかしイメージが硬すぎるという意見が出て、柔かいニュアンスのある助詞「の」を使った「楯の会」を再提案し、決定されたという。そのような経緯はともかく、おそらく三島は『複雑な彼』を書く前から、政治団体設立のプランを頭に描いていた。三島らしい凝り方で案出した御楯会が楯の会と改められても、包装紙が変わったようなもので、組織体としての基本骨格は不変であったろう。

以上から推測されるのは、三島の軍隊＝私党づくりは、新左翼の台頭という眼前の政治状況あってのものではなく、すでに組み込まれていたプランだったということである。だからこそ、十五年計画の第三期目に入る過程の昭和四十年から、団体設立の資金稼ぎと思われる軽評論やエンターテイメント小説の精力的な執筆が始まっているのである。従って、三島の右傾化の観点から眺めると、十五年計画は次のようにプランニングされていたと思われる。

第一期　昭和三十年〜三十五年　武士に相応しい肉体づくり

第二期　昭和三十五年〜四十年　右翼デビュー

第三期　昭和四十年〜四十五年　三島党の結成と自刃

本書「第五章　十五年計画」において、三島の切腹へ至る過程が、昭和三十年（一九五五）に始まる五年間の肉体強化を経たあと、さらに五年の時を置きつつ、三つのステップを踏み進んだことを示した。すなわち、小説『憂国』の執筆（文字媒体）→映画「憂国」の制作（映像媒体）→三島事件（躬行実践）というようにである。右翼化と切腹への過程が五年刻みに同一歩調を取ったことを思えば、両者は一つの見取図のもとに進行したと考えられよう。三島の自刃は従って、村松剛らが「諫死」と主張したような、政治的死とはいえないのではないか。

その二

前掲の村松剛著『三島由紀夫の世界』（一九九〇）によると、楯の会の設立は「論争ジャーナル」グループとの接触をきっかけに、三島が民兵組織をつくる構想を抱いたことから始まる。最初は「国土防衛隊」構想で、主体となる民兵は志願制、経費は国・自治体・国民醵金《きょきん》により各三分の一を負担し、指揮命令系統は内閣総理大臣に直属する等々が骨子であった。国の関与が大きい民兵隊構想である。この案は日の目を見ることなく廃棄され、つづいて構想されたのが「祖国防衛隊」である。その綱領草案は次のようなものであった。

一、われらは日本の文化と伝統を剣を以て死守せんとする軍隊である。
一、われらは平和な日本人の生活を自らの手で外敵内敵から護らんとする軍隊である。
一、われらは日本をして文武両道の真の国柄に復せしめんとする市民の軍隊である。
一、われらは市民による、市民のための、市民の軍隊である。平和な日本人の生活を、自らの手で外敵内敵から防衛し、依て以て日本の文化と伝統を、剣を以て死守せんとする有志市民の戦士共同体である。

右の綱領草案に謳う《有志市民の戦士共同体》は、あけすけにいえば、有志市民の誰かをトップに据えた私設の軍事組織という意である。その誰かとは誰だといえば、《われらは市民による、市民のための、市民の軍隊である》というのだから、草案を書いた三島自身を前提にしているのであろう。その分野のもっと有能な適任者がいたとしても、トップを譲るという考えはなかったに違いない。三島は戦士共同体なるものをつくって、トップに座りたかった。それが右の草案から透ける三島の意思である。この戦士共同体にいささか身も蓋もない祖国防衛隊なる名称を付けて、まずは十余名ながら「論争ジャーナル」に集うメンバーを中心に立ち上げるに至った。

三島が祖国防衛隊の資金調達のため、構想草案を携えて日経連代表常任理事櫻田武と内閣官房長官保利茂に面会したことが知られている。しかし二人の反応は芳しくなかった。というより、体よくあしらわれた。村松剛の解釈では、祖国防衛隊は私設の軍隊の性格を色濃くしているにせよ、《依然として将来つくられるだろう国の機関であり、彼の仕事はその幹部になるはずの青年の養成にあった》。それが一転、独自に楯の会として歩むことを三島に決意させたのは、日経連の櫻田武との会見だった、というのである。村松は『三島由紀夫の世界』で次のように書いている（傍点は引用者）。

　櫻田氏は三島に、
――きみ、私兵をつくってはいかんよ、
といっていくばくかの金を差出した。
三島には、身の震えるような屈辱だった。彼は金を謝絶して席を立ち、これ以後は財界から援助を仰ぐことに見切りをつける。資金稼ぎにテレビのコマーシャルに出ようかと思うと、夏に会ったときには真顔でいっていた。
「楯の会」と名乗った理由を、三島は自分ではっきり説明している。はじめは彼は、国の民兵をつくろうとした。
「しかし私の民兵の構想は、話をする人毎に嗤われた。日本ではそんなものはできっこないというのである。そこで私は自分一人で作ってみせると広言した。それが『楯の会』の起りである。」（『「楯の会」のこと』）
民兵構想が、三島部隊に変った。「私兵をつくってはいかんよ」という櫻田氏のことばが、皮肉にも彼に「私兵」を組織させたことになる。

櫻田武の一言が、最初の国土防衛隊構想がそうだったように、祖国防衛隊にも息づいていた民兵構想を三島に放棄させ、異質の私的な軍事組織へ変貌させたと、村松は説明している。国土防衛隊と祖国防衛隊の間には曲がりなりにも論理の一貫性があった。それを櫻田武の一言がつぶした結果が楯の会なのだと、村松はいいたいのである。友情のためか、村松は三島の行動を好意的に理解しようと努めている。しかし、楯の会が設立されるに至って、さすがに「三島部隊」といわざるを得なかったのである。

楯の会へと脱皮する前の祖国防衛隊について、村松は三島から次のようなことを聞かされたという(同書)。

——一期に百人ずつを訓練するんだよ、

と彼ははじめのころいっていた。

——各人が二十人程度の部隊の指揮を、とれるようにする。一年に一回なら、五年で五百人の幹部ができて、五百人が二十人ずつを指揮すれば一万人だろう。方々の企業から、ひとを出してもらうのさ。

一介の文士にそんなことができるものだろうかと、ぼくは気のとおくなるような思いできいていたものである。

村松が《気のとおくなるような思いできいていた》祖国防衛隊の構想を、三島がはったりではなく本気で考えていたとしたら、その方がどうかしている。現実離れもはなはだしい。また本気なら、櫻田武や保利茂に一度や二度ないがしろにされたところで、労を惜しまず何度でも足を運び、説得に努めるべきであった。それで初めて相手に本気だと伝わり、重い腰を上げさせることも出来たかもしれない。この点、三島は諦めがよすぎる。櫻田から「ノー」の言質を取るために面会したとさえ思える。日本のことを真剣に憂えて立案した民兵構想であるならば、たった一度の面会で屈辱を受けたからといって、説得の努力を放棄するのは筋が通らない。結局三島の民兵構想には、客観的なリアリティもなく、万難を排して相手を説き伏せるような熱意も感じられない。それどころか、櫻田から屈辱を受けた程度で、楯の会の設立が正当化されたのである。三島の民兵構想自体、疑わしいといわざるを得ない。

すなわち、国土防衛隊から祖国防衛隊へと展開した三島の民兵構想は、私党を立ち上げるためのアリバイだったのではないか。より直截にいえば、私党の立ち上げに誘導するための手段として、民兵構想をひねり出したのではないか。さらにいえば、右翼学生を手元に引き寄せるためのエサだったのではないか。それを如実に示しているのが、三島の民兵構想、祖国防衛隊への参加を誘われたときの森田必勝の反応である（森田必勝『わが思想と行動　遺稿集』日新報道出版部　一九七一）。

民間防衛隊は大いに結構だし、俺はいつでもやる覚悟はあるけれど、あのキザな三島さんが、それをやるというのは何かチグハグな感じだ。

森田は、民兵構想には前向きだが、三島その人に対しては一歩退いた構えである。一方の三島にしても、自分の文学的盛名が右翼学生には全く通じないことをよくわきまえていた。故に大義と武闘とが一体になった民兵構想によって、既成の右翼学生運動に飽き足りない活動家の歓心を買おうとした。当時の三島と右翼学生との関係を考えれば、そんな筋書きが浮かび上がって来る。

また、三島が政財界の要人、保利茂と櫻田武に面会したのも、民兵構想への理解と資金援助を求めてというよりは、二年後に迫った自決が政治的死であることを広く印象付けようとする偽装工作だったのではないか。自決すれば、全マスコミが死へ至るまでの動向を洗い出すことも、三島には織り込み済みだったはずである。ならば、民兵構想をひっさげて政財界の要人と面談した事実は、それだけで政治的死を裏付けてくれる格好の材料となる。それくらいのことを、あの三島が考えなかったとはいい切れまい。

その三

楯の会は昭和四十三年（一九六八）十月五日に発足し、四十五年十一月二十五日をもって解散した。その二年余、楯の会にかかわる費用は、全て三島のポケットマネーで賄われた。三島は他所からの資金協力を一切排除することで、自分の意思のみが反映される、専制的な私党をつくったのである。しかし純粋な三島党であるためには、なおやらなければならぬことがあった。楯の会の発足に大きな役割を果たした「論争ジャーナル」グループの排除である。事実三島は彼らを排除したのだが、その理由を、彼らが右翼団体や企業、とりわけ政財界の黒幕といわれた右翼の大物田中清玄から資金援助を受けていたためだと説明している。これについて、『年表作家読本　三島由紀夫』は昭和四十四年八月九日の条で、次のように記している。

《『論争ジャーナル』の中辻、万代らが、三島の怒りをかい、楯の会を脱退。つづいて、最も信頼していた学生長の持丸も退会した》

しかし、三島が資金援助にヒモが付いてくることを極度に警戒していたのは理解できるが、はたして理由はそれだけなのか。中辻は「論争ジャーナル」の編集長、万代は副編集長であった。二人は、戦前の皇国史観を主導した元東京帝大教授平泉澄《きよし》の弟子に当たる門下生である。それは二人が思想的に練磨された右翼青年であることを物語る。中辻と万代がなぜ三島に近づいたのか、猪瀬直樹が次のように書いている（『ペルソナ』一九九五）。

《二人は明治学院大を卒業していったん就職したが、民族派の雑誌を創刊したい一心で仕事を辞め、スポンサーと寄稿者を探していた。スポンサーの目処はついたが、寄稿者はやや偏ったマイナーなタカ派と呼ばれる人びとばかりで一般受けする顔がほしかった》

猪瀬の文章から伝わってくるのは、志操堅固な右翼活動家の横顔である。同様に、三島が初対面の万代との出会いを書いた「青年について」で想像されるその人物像も、政財界から金銭をかすめ取ろうとする右翼ゴロでもなく、また血気にはやって自説をまくしたてる右翼青年でもなく、ものごとを堅実に着実に推し進めようとするタイプの青年像である。それは中辻にも通じるものであろう。そのような性向の彼らが、当時の新左翼・全共闘運動が隆盛を極めていた状況下にあって、自らの使命感に燃えて左翼に対抗する雑誌の創刊を考えたのは自然のなりゆきのようにも思える。ただ雑誌は政治色の強い内容であればあるほど、読者層も社会的影響力も限定的になる。それでも雑誌発行にこだわったのは、彼らが漸進主義的な志向を持っていたからであろう。

村松剛によれば、三島が民兵隊創設の構想を抱くようになったのは、自衛隊へ体験入隊する計画を中辻、万代らの「論争ジャーナル」グループに打ち明けた際、彼らが一緒に参加したいと申し出たことに端を発している。それは民間の有志の一団が三島を隊長に自衛隊に体験入隊し、戦闘に必要な最低限の訓練を受けるというものであった。まさしく民兵構想の原型である。従って、三島の初回の体験入隊は単独だったが、二回目には「論争ジャーナル」グループを中心とする二十名が参加した。このとき数名の欠員が生じて、「論争ジャーナル」とつながりのあった日学同から急遽、応援参加した一人が森田必勝である。

「論争ジャーナル」グループが三島の民兵構想にどの程度関与したのか、詳細は不明である。しかし、彼らが三島の構想に積極的に乗ったとすれば、その最大の理由は、国と企業を巻き込んだ長期的展望に立つものだったからにほかあるまい。

楯の会の当初のメンバーには、「論争ジャーナル」グループも加わっていた。しかし、村松が述べたように、民兵構想の姿をとどめていた祖国防衛隊は、楯の会という名の「三島部隊」に変わってしまった。それもあとからみればの話であって、楯の会発足の当座は、三島以外の参加者にはその変質がはっきりと認識できていなかったのかもしれない。いずれにせよ、「論争ジャーナル」グループが楯の会について、あくまで民兵構想実現への橋頭堡になるべきものと考えていたとしたら、楯の会は彼らの考える楯の会ではなくなったことになる。逆に、三島が、楯の会を率いて新左翼主導の七〇年六月の安保決戦に敵対者として参戦し、自刃によってその責任を取るのもやむなしとみなされるような、なにか重大な事件を起こそうと計画していたとしたら、必ずやその足枷となるのが彼らの存在である。またそれ以上に、彼らは今日明日にでも楯の会に亀裂を走らせる内部因子、内部の敵となる可能性があった。

楯の会は、三島を隊長に学生長、班長、会員と組織化されていたが、中でも「論争ジャーナル」グループは三島と一体となり、祖国防衛隊を経て草創期をともに歩んで来た自負がある。そのような彼らの発言は、新参の会員にある程度の影響力を持つはずである。三島の行動方針に異議や批判が出るとすれば、口火を切るのは十中八九彼らである。「論争ジャーナル」の刊行がそうだったように、着実に地歩を固めて行こうとする彼らの漸進主義が、三島の急進主義に対立することになる。それが表面化する前に彼らを排除しなければならない。排除するには相応の理由がなければならない。理由付けの格好の材料にされたのが、田中清玄による「論争ジャーナル」への資金援助の話ではないか。

これと似た事柄があった。楯の会発足から二年後の昭和四十五年秋、三島が金銭疑惑を持ち出して林房雄を貶めようとした話である。このときの三島は、「サンデー毎日」の記者徳岡孝夫を銀座の割烹に呼び出し、林房雄のことを《もうダメです。あの人、右と左の両方から金を貰っちゃった》と、何度も繰り返して批判した。タレコミ記事を書けといわんばかりのネタの提供ではあったが、徳岡は胸にしまってしまい、公表したのは三島自決後二十五年が経ってからであった。それでもなお三島への配慮のためか、事実のみを語ることに終始し、その心底にまで踏み込むことは控えた。

金銭問題にからめた「論争ジャーナル」グループの排除と林房雄の排除の動きとが瓜二つなのをみると、三島は意識的に同じ手口を使い、楯の会を三島党へ純化させようとしたのだと思えて来る。それを示唆するのが、楯の会の初代学生長持丸博が中辻、万代らに続いて退会したことである。当時の持丸は「論争ジャーナル」の副編集長を兼務していたが、田中清玄との金銭問題には関わっていなかったようである。三島は持丸の実務能力を惜しんで引き留めようとするも、退会の理由に結婚と就職を挙げられ、認めざるを得なかった。だがその理由は表向きのものであろう。猪瀬直樹が前掲書で次のような持丸の証言を記している。

《明治維新のように昭和維新を起こす、ということならアクションだが、私はあくまでも左翼革命に対するリアクションとして楯の会を位置づけていた》

当初の民兵構想はリアクション（専守防衛）の部隊だったが、楯の会はアクション（クーデター指向）の部隊だといっている。持丸はそこに懸念を覚えて離脱したというのが本当のところであろう。持丸の語り口は控えめだが、本質を衝いている。持丸の証言からも、やはり楯の会の内部に、三島に対する不信感や批判の芽がきざし始めていたと思われる。

持丸がいみじくも語っているように、三島と「論争ジャーナル」グループ各々の思惑が、表向き重なり合って設立されたのが、楯の会の当初の姿だといっていい。三島に引け目があるとしたら、彼らがいなければ、楯の会は存在しなかったことであろう。その発足に重要な役割を果たした彼らが三島の前から消えた。この一件は楯の会発足から二か月後、昭和四十三年十二月に発表された三島の戯曲『わが友ヒットラー』を髣髴とさせる。この戯曲は劇作家堂本正樹の言葉を借りれば、《ナチの歴史の中でも特に印象的な「突撃隊血の粛正事件」》（『劇人三島由紀夫』一九九四）を主題にしている。劇中、ヒットラーは自分の野望のために、最期までヒットラーとの友情を信じたナチス突撃隊の隊長レームを暗殺する。そしてヒットラーの独裁政権が誕生するのである。邪魔になった人間は切り捨てるしかない。これと同じことが楯の会でも行なわれたことになる。かくて楯の会は内なる障害物を排することで、三島の純然たる私党となった……。

その四

楯の会の活動期間が二年余で終わったのは、三島の自刃で中断されたからではなく、三島があらかじめ二年と限定し、会員数も百名を上限と定めていたからだと思われる。つまり、楯の会は短期決戦型の組織としてつくられたのではないか。

三島は昭和四十四年（一九六九）十一月三日に催された楯の会結成一周年記念式典のパンフレットの中で、次のように書いている（「「楯の会」のこと」）。

《私は又、この小さな運動をはじめてみて、運動のモラルは金に帰着することを知った。「楯の会」について、私は誰からも一銭も補助を受けたことはない。資金はすべて私の印税から出ている。百名以上に会員をふやせない経済上の理由はそこにある》

楯の会の資金は全て三島の印税から出ていると、自らが認めている。裏を返せば、三島の印税で支えられなくなったときが、楯の会解散のときということになる。三島は外部から金銭の補助を受けない理由に運動のモラルを挙げた。モラルは三島の金看板である。その金看板を掲げた以上、もうあとには引けない。であれば、資金面からみて、印税収入の切れ目が楯の会存続の切れ目だと、三島は考えていた。論理的にはそうなる。しかし、あの三島がそのようなみっともない解散を、一度でも考えたことがあると想像できるか。

三島が楯の会につぎこんだ金は、わかっているだけでもかなりの額にのぼる。猪瀬直樹の詳細な取材がそれを教えてくれる（前掲書）。

《三島は、〔昭和四十四年十月二十一日の〕国際反戦デーに合わせ楯の会結成一周年パレードを企画した。楯の会は百名近くに膨らんでいる。運営費は三島のポケットマネーから捻出された。西武百貨店社長堤清二の好意で派手なデザインの制服が提供されたが貰ったわけではない。イージーオーダーで一着一万円が支払われたが実費は二万円強である。夏服、冬服で百一名分二百二着が発注された。〔略〕こうした実務は楯の会の学生長持丸博に任されていた。かかった経費をノートに記入して報告した。持丸の記憶によれば、喫茶店代や合宿代、自衛隊体験入隊費用、制服支給費等、三島が二年間で支払った総額は一千五百万円になるという。『新潮』に連載した「春の雪」から「天人五衰」までの『豊饒の海』シリーズの原稿料は、四百字詰原稿用紙一枚につき一千五百円だった。全部で約三千枚だから、原稿料収入（単行本は別途）は四百五十万円にすぎない。当時、湯浅あつ子に、「支出がばかにならない」とぼやいている》

三島が私党の設立を企図し、そのための資金稼ぎが昭和四十年（一九六五）から始まったと推定されることは、前述のとおりである。私党をつくれば、なにかと出費がかさむことも覚悟していたに違いない。それでも姉貴分だった湯浅あつ子にぼやいたように、実際の支出額は想定を上回ったのであろう。

持丸は、昭和四十四年八月に排除された「論争ジャーナル」の中辻、万代のあとを追うように、楯の会を離れた。従って、持丸のノートに記載されたのは、その時期までの支出額ということになる。しかし楯の会が存続する限り、三島の出費は限りなく続くのである。楯の会の行事は月例会だけではない。持丸が去ったあとの九月以降もかなりの費用がかかったと思われる行事が続く。同年十一月三日には国立劇場屋上で、楯の会結成一周年記念パレードを自衛隊関係者や芸能人を招き盛大に催している。これなどは「楯の会隊長三島由紀夫」を世間に大々的に印象づけようとしたものであろう。当時物笑いのタネとなった楯の会百名総出の記念パレードも、「政治的死」を視野に入れた三島ならではの演出だと思えば、バカバカしさを通り越して鬼気迫るものがある。十二月二十四日には、楯の会会員五十名を連れて自衛隊習志野駐屯第一空挺団に一日体験入隊をしている。翌四十五年九月には、陸上自衛隊富士学校滝ヶ原分屯地に学生五十名を連れて二日間の体験入隊をしている。時間が前後するが、昭和四十三年五月からは自衛隊調査学校情報教育課長の山本舜勝《きよかつ》が、数度に亘って楯の会会員に対ゲリラ戦の講義と実地訓練を行なっている。実地訓練というのは、新左翼の街頭闘争の現場へ出て、諜報活動や後方攪乱を実戦形式で行なう訓練である。その活動実態は山本舜勝の『自衛隊「影の部隊」三島由紀夫を殺した真実の告白』（講談社　二〇〇一）等の著作に詳しく紹介されている。ともかく、もろもろの費用の全額が三島にのしかかってくるのである。三島はその費用負担にいつまで耐えることが出来たであろう。二年間か、五年間か、十年間か。裏を返せば、来たる四十五年には自刃し、このときを限りに楯の会を解散すると決めていたからこそ、ぼやきながらも耐えられたのではないか。でなければ、原稿を書くことしか資金稼ぎの手段を持たない三島には、いつまでも我慢できる出費ではなかったはずである。

楯の会を率いる三島の姿は、剣道への向き合い方を思い起こさせる。三島は十一年間、週二回の道場通いを、よほどの事情がない限りサボることがなかった。それを齢四十を過ぎても飽くことなく続けた。結果、得られる健康体は、作家としての老成の礎となるはずだが、長寿による老醜を憎んだ三島の思想には反する。三島の禁欲的な道場通いはどこか常軌を逸している。それをうまく説明できる唯一の考えとして、前もって四十五歳の自刃が決定されていたからではないかと、先に述べた。同じことが楯の会の資金の工面にもみられるのである。

第九章　自己解説としての『三熊野詣』

小説『三熊野詣《みくまのもうで》』は「新潮」の昭和四十年（一九六五）一月号に発表された。三島由紀夫の短編小説の中ではあまり注目されない作品である。なによりもストーリーが平凡である。しかも主人公の心的葛藤が解きほぐされ、その結果回帰した日常性には安息感以外のなにものもない。非日常性が日常性に回収されても、なおも非日常の影がポッンと浮かぶのが三島の世界だとすると、この小説には回収しきれない非日常の影が消失している。なにか三島らしくない小説である。しかも結末に漂っているのは、読者を置き去りにするかのような自己充足感である。『三熊野詣』が顧みられることの少ない理由の一端か。だが、三島はあえてそれをよしとして擱筆《かくひつ》しているように思える。疑問符がつく作品である。

『三熊野詣』に登場する固有名詞を持った人物は三人である。一人は清明大学国文科主任教授の藤宮先生。生涯独身を通す、六十歳になる国文学者で、歌人としても高名である。国文学者で民俗学者、歌人でもある折口信夫がモデルといわれている。一人は四十五歳の寡婦、常子。藤宮先生の屋敷に住み込んで、十年このかた身のまわりの世話をしている。先生の和歌の弟子でもある。もう一人は先生の一番の高弟の野添助教授だが、一度登場するだけで、物語の展開には関与しない。先生を崇拝する学生たちの秘儀的な一団を代表して、たんに野添助教授という固有名詞が与えられているにすぎない。だが、それによって、先生の和歌と学問の権威の大きさも暗示されている。従ってこの小説は、先生と常子という若い盛りを過ぎた男女の物語であるが、二人をそれぞれ三島の分身として読むと、衣裳を脱いだ三島の裸体が透けて見えて来る。

さて、『三熊野詣』の書き出しは、こうである。

《常子《つねこ》は藤宮《ふじみや》先生から熊野の旅のお伴を仰《おお》せつかったとき、しんからおどろいた。十年にわたって身辺の面倒を見てもらった、その礼をしたいという思召《おぼしめ》しなのである。常子は四十五歳になる身寄りのない寡婦で、歌のお弟子として入門しつつ、折から手伝いの老婆を失って困っておられた先生のお世話をするようになったのであるが、この十年間、ただの一度も色めいたことはない》

この冒頭部には作品を成立させるすべての因子がある。「熊野の旅」「十年」「身辺の面倒を見」「四十五歳になる身寄りのない寡婦」「歌のお弟子」「色めいたことはない」。内、常子と先生を対の関係に結んでいるのは「熊野の旅」と「身辺の面倒を見」の二つである。他の四つの因子は、いずれも常子に属するものである。「十年」は、常子が藤宮家で過ごした年月である。「四十五歳になる身寄りのない寡婦」は常子の境遇である。「歌のお弟子」は、先生のたくさんの弟子の内の一人であるということ。「色めいたことはない」は、先生の目には常子が色恋の対象として映っていないということである。この四つの因子が常子の眼前に、疑問に満ちた先生の像を結ぶのである。これが『三熊野詣』の基本構造である。

常子は先生から熊野の旅のお伴を仰せつかったとき、驚くと同時にある期待に胸をふくらませた。炊事や掃除等、先生の身辺の世話をする中で、決まって一年に何度か心に浮かび、その度に押しつぶしていた疑問が、今度の旅のお伴によって解けるかもしれないと思ったのである。先生は歌においても学問においても弟子や学生から厚い尊敬を受けている。しかし一つ屋根の下に住む常子の目からみれば、先生ほど平板な人生を送っている人はいない。その点は常子も似たり寄ったりである。それなのに先生の歌には悲哀が漲《みなぎ》っている。一体どうしてあのような歌が作れるのか。なにか秘訣があるのか。単調な日々とはいえ、折に触れて感興をそそられる常子だが、そこに芽吹く悲哀を歌にしようとすると、やはり先生の歌に似てきてしまう。常子も門弟の一人として参加する月に一度の歌会の席で、《これはあなた自身の悲しみではありません。人の悲しみの器を借りて、自分の身をそこに沈めているだけだ。貰い風呂に入っているようなものです》と、みんなの前で酷評されてしまう。

常子はお伴を仰せつかったことで、自分の歌を根本から見直せる旅になるかもしれないと心がはずむ。その一方で、この旅をしおに暇《いとま》を申し渡されるのではないかとか、先生との二人旅を他人はどうみるだろうかとか、先生の奥様もしくは愛人と思われやしないか、そのためには着物の柄や化粧を地味にすべきかとか、さまざまに気を揉むのだが、先生からの注文は特になく、ただ持ってゆく本だけが指定される。《あなたは情を舒《の》ぶる歌にはもう見込がないから、この旅を機会に、叙景の歌を考えてみてはどうか。それも近代の写実派の歌などでは、何の足しにもならぬ。永福門院の歌集を勉強してみるがいい》。そういわれて常子は、永福門院《えいふくもんいん》歌集を先生から拝借する。永福門院なる人については、作中で次のように解説されている。

永福門院は、いうまでもなく、鎌倉時代の名高い女流歌人で、第九十二代伏見天皇の中宮《ちゅうぐう》にまします方である。京極派《きょうごく》の歌人として、玉葉集《ぎょくようしゅう》に多くの名歌を残され、とりわけ京極為兼《ためかね》のいわゆる「言葉の匂ひゆく」技巧を凝らした叙景歌に特色を持っておられる。たとえば、

「夕づく日軒ばの影はうつり消えて

花のうへにぞしばし残れる」

などというのは、門院の御作のうちでも、とりわけ常子の好きな御歌である。〔略〕こういう叙景歌の下の句などには、なまなかの抒情の歌の及ばぬ心情の微妙さが、揺曳《ようえい》しているのが常子にもわかっている。

先生と常子の熊野の旅は、那智の滝のある熊野那智大社、熊野速玉《はやたま》神社、本宮の熊野坐《にます》神社の三社に詣でる旅である。旅の初日は、東京駅で野添助教授を先頭に弟子や学生の数人に見送られ、名古屋経由で紀伊勝浦まで行き、温泉旅館に泊まる。

翌朝、朝食を済ませたあと、小さい遊覧船を借り切り、島めぐりに向かう。湾を出ると、外洋の波は際立って高くなる。波に揺られ、観光名所になっている大小様々な奇岩をみていると、常子はそれらが神仙の住む島々のように思われて、船が二人を「無何有《むかう》の郷《さと》」（ユートピア）へ連れて行く錯覚に陥る。しばらくして案内に同乗した宿の番頭が、突然、陸の方を指さして叫ぶ。《あれ、ご

らんなさいませ。妙法山《みょうほうざん》の右に白い一本の縦の線が見えますやろ。あれが那智の滝で、海の上からこうして滝を眺めるところは、日本国中ほかにはないそうでございます。よく御覧なさいませ》

常子は、番頭が叫んで指さした先をみつめながら、一つの思いにふける。

《あれが那智の滝だとすると、自分たちは、遠い神の秘密を、のぞいてはいけない場所からのぞいてしまったという感じがする。〔略〕それはあたかも、見てはならない神の沐浴《ゆあみ》の姿を、遠くから瞥見《べっけん》してしまったような感興をそそり、常子はきっとあの滝の神こそ処女なのだと考えた》

常子は覗いてはいけない場所から遠い神の秘密を覗いてしまったように感じるのだが、その「場所」とはどこなのか。熊野の海であれば、死者の住む異郷＝他界のことではないのか。処女の沐浴の姿を死者の国から覗くというのは、イザナギノミコトが死するイザナミノミコトに会いたいあまり黄泉《よみ》の国へ追い下り、腐敗して蛆の湧くイザナミノミコトをみてしまうという神話を、構図的に反転させたものと考えられる。

作中では言及されていないが、この熊野の海は、那智の浜から小舟で海を渡る補陀落《ふだらく》渡海で名高い。補陀落とは南方の彼方にある観音菩薩の住まう浄土をいう。日本では南の海の果てに補陀落浄土はあるとされ、そこをめざして船出することを補陀落渡海といった。浄土信仰が民間でも盛んになった平安時代後期に始まり、江戸時代まで観音信徒によって決行されて来た歴史がある。小舟には小屋が建てられ三十日分の食糧と水が貯えられたが、信徒が中に入ると外から扉に釘を打ちつけて二度と出て来られなかった。同伴の舟に曳かれて外洋へ出ると、小舟は切り離される。小舟が高波に揉まれ風に流され、やがて海に没するまでの間、闇の中にこもった信徒は、死後、観音浄土に生まれ変わることを願いつつ、ただひたすらお経を読み続ける。一般的に入水《じゅすい》往生といわれる。

その小舟に乗って南海へ旅立った人たちが念願どおり往生できたかどうかは、誰にもわからない。ただ確実なのは、そうやって自ら死んで行った人たちが、数百年の年月を通して確かにいたということである。常子の感受性がそれに鋭く反応したのかもしれない。たとえ錯覚であっても、常子は死者たちの赴いた浄土（他界）にその身を置いた。そして死者の目で、神の沐浴の姿をみた。その常子の目は、作者の目でもある。

常子は四十五歳である。書き出し早々《四十五歳になる身寄りのない寡婦》と記している。四十五歳はいうまでもなく三島の死んだ歳である。つまり三島は四十歳のときにこの小説を書いたが、一方で、すでに四十五歳で死ぬと決めていた三島は、その末期の目を常子に投影させていた。そうでなければ、わざわざ冒頭で《四十五歳になる》と断った意味が薄れてしまう。また、自分がいつ死ぬかを、常子を通して告白しているともいえよう。ある意味その告白を三島は楽しんでおり、一人遊びしているようにも思える。三島の、告白と韜晦の典型例の一つである。

常子が四十五歳の三島の分身だとすると、対する先生も、この『三熊野詣』を書いている、まさにその時点での三島の分身である。根拠は、先生が常子に《永福門院の歌集を勉強してみるがいい》と説諭していることである。周知のように、三島は永福門院を高く評価していた。三島が二十代の総決算の作品と語っていた長編小説『禁色《きんじき》』（新潮社　一九五一）の「第十五章　なす術もしらぬ日曜」に次のような一節がある。

《俊輔は中世文学の多くのもの、世に著聞集のものの中にも彼のわがままな評価がえりだした二、三の歌人、二、三の作品にいたく執着した。永福門院の幽邃《ゆうすい》な庭園のような、人間の全き不在を歌った抒景歌や、家人中太の罪を着た若君がその父に首を斬られる異常な諦念の物語、「硯破《すずりわり》」というお伽草子《とぎそうし》は、かつてこの老作家の詩心を養った》

「俊輔」は『禁色』の主人公、老作家の檜俊輔のことで、この人物もまた三島の分身といわれて久しい。三島はその俊輔に仮託して、永福門院の歌に《いたく執着した》《詩心を養った》と述べる。さらに、前掲の日記体の評論集『小説家の休暇』の七月十七日(日)の条では、永福門院の略伝と歌の分析等詳細な論を展開し、好きな歌として次の十三首を挙げている。

月もなきあま夜の空の明けがたに蛍《ほたる》のかげぞ簷《のき》にほのめく
山もとの鳥の声より明けそめて花もむら〳〵色ぞみえ行く
河千鳥月夜をさむみいねずあれやねざむるごとに声の聞ゆる
みるまゝに山は消えゆくあま雲のかゝりもしける槇《まき》の一もと
ちるとなみ花おちすさぶ夕暮の風ゆるき日の二月《きさらぎ》の空
ほとゝぎすこゑも高根のよこ雲になき捨ててゆく曙の空
小山田のさなへの色はすゞしくて岡べこぐらき杉の一村
山本はまだ霧くらき曙のすそ野は霧の色にしらめる
朝嵐は外の面《とも》の竹に吹きあれて山の霞《かすみ》も春寒きころ
吹きしをり風にしぐるゝ呉竹《くれたけ》の節ながらみる庭の月かげ

むら〳〵に小松まじれる冬枯の野べすさまじき夕暮の雨
山あひにおりしづまれる白雲の暫《しば》しと見ればはや消えにけり
沈みはてぬ入日は波の上にして汐干《しほひ》に清き磯の松原

永福門院の歌は、情念をすぱっと切り落としている。しかし、自然の景物を写し取ることに徹しながらもほのかに浮かぶのは、なんとも形容しがたい心の情景である。三島はそれを《幽邃な庭園のような》と形容した。

三島は、この『三熊野詣』でも藤宮先生にかこつけて、再々度永福門院への愛着を語っている。作中、先生が常子に《あなたは情を舒ぶる歌にはもう見込がないから、この旅を機会に、叙景の歌を考えてみてはどうか》と述べているのは、三島の自己批評である。三島は永福門院の歌に自分をみている。すでに指摘したように、三島は『仮面の告白』を書いたことで、本体の平岡公威と親和性を保っていた仮面に、さらに第二の仮面をつけざるを得なくなり、本体そのものを喪失してしまった。情を舒ぶる歌は、第一の仮面をつけていたときの三島ならば歌えたであろうが、第二の仮面をつけて本体を失った三島には、歌えなくなってしまった。景色を目に映ったままに歌う叙景歌に対して、抒情歌はナイーブな感性から流露する主情的な歌である。それは本体の平岡公威が所有しているもので、平岡公威にしか歌えない。故に『仮面の告白』以後の三島は、論理性の強い、主知主義的な文体へ移行せざるを得なくなった。そのことを抒情歌、叙景歌という和歌の形式を借りて述べているのである。

藤宮先生と常子は、一旦宿に戻って一休みしたあと、ついさっき海上から遠望した那智の滝を、今度は頭上間近に仰ぐことになる山の中へ、タクシーで向かう。

三島は、那智の滝および熊野の宗教的性格を、次のように書く。

《那智の滝は、古《いにし》え、神武天皇がこの滝を神と祭られ、大穴牟遅神《おおあなむちのかみ》（大国主神《おおくにぬしのかみ》）の神体と仰がれて以来、二千年にわたって霊所となり、宇多《うだ》上皇このかた八十三度の御幸《みゆき》あり、花山《かざん》天皇は千日の滝《たき》籠《ごも》りをされたところである。

又、役行者《えんのぎょうじゃ》の滝行《たきぎょう》以来、修験道《しゅげんどう》の行場としても名高く、飛滝権現《ひろうごんげん》と呼ばれて、今も滝のお社は、正式の名を熊野那智大社別宮《べつぐう》飛滝神社という由である》

二人が参道を下って滝の前に出ると、先生を知る宮司が寄って来て、一般には立ち入りが禁止されている滝壺近くへ案内してくれる。常子は暫くの間、巨大な滝にみとれる。そこからの帰り際、小事件が起きる。

常子はうっかり足を岩の苔に滑らせてしまう。そのとき、思いがけない速さで先生の手が差し出された。常子が縋《すが》ると、今度は先生の方が常子の重みに耐えきれず、体を泳がせてしまう。二人が重なって岩の上に倒れれば、どんな大怪我になるかわからない。常子は先生大事と足を踏ん張り、辛うじて先生を助け起こすのである。

《立上ったときは、二人とも息を切らせ、顔は紅潮していた。先生の眼鏡が落ちかかっていたのを、常子がいそいで直して差上げたが、いつもならこんな行動を峻拒《しゅんきょ》される筈の先生が、「ありがとう」と羞《はじ》らいに充ちて言われたのが、常子をこの上もなく倖《しあわ》せにした》

常子はいつにない先生の感謝の言葉に心を温かくする。藤宮家での常子の日常は、先生の規則的な暮らしを滞りなく維持して行くことだけに費やされている。常子の分を越えた気づかいや思いやりを、先生は好まない。そればかりではない。藤宮家では、女の立ち入ることのできる領域とできない領域とが画然と分かれていた。十年間仕えたいまでさえ、本を置く部屋へ常子が入ることは許されていない。始終入り浸っている弟子や学生は、常子の領分の厨房に入ってはならなかったし、親しく口をきくことも禁じられていた。同様に、先生と常子の間にも厳しい一線が引かれていた。それでも十年間、なんの迷いもなく先生の身のまわりの世話をして来たのは、先生を尊敬し、神とも太陽とも仰いでいるからである。先生は常子にとって絶対の人であった。だからこそ、滝壺にかかる岩の上の小事件は、常子の心を癒した。

《それはたくまずして多くの柵《しがらみ》が除かれ、あまたの禁忌《きんき》が解かれた、ふしぎな夏の午前であった》

さらに三島は、常子の心を先生に寄り添わせようとする。

二人は那智の滝から那智大社へ向かう。那智の滝にある社は、那智大社の別宮である。本社である那智大社へは四百余段の石段を昇って行かなければならない。ただでさえこの石段の昇りの辛さは聞きしに勝る。その上二人は暑熱の夏の日ざかりの中にいた。なのに先生は茶屋にも寄らず、常子にも手をとらせず、黙々と昇ってゆく。その様子は、先生が自身に苦行を課しているようでもあり、また《いつもの先生の癖《へき》で、そういう孤立無援の苦しみを人に見せつけようとしておられるところも仄《ほの》見える》と、常子は思う。いずれにせよ、常子も弱音は吐けない。なんとか石段を昇って行くが、その意識もかすれるような状態の中で、ついさっきの先生の羞らいに充ちた「ありがとう」の言葉が、常子をある幻想へと誘い出す。タクシーで那智の滝に来るまでの途次、先生が講義口調で、次のような話をしたからである。

熊野は元来大国主神をお祀りしているくらいだから、出雲民族との深い関係があるらしいので、僻地であるにもかかわらず、日本書紀の時代からよく知られていた。木が深く繁ってほの暗い山々の国だから、黄泉の国と連なるように考えられておって、そういう他界の感じが古くからあった上に、のちになって、観音の浄土観が二重写しになって、熊野信仰が生まれたのです。

三山はもともと別の神社であったのに、さまざまな信仰が統一されて、由来も祭神も一つになり、いつしか三所にして一体という、三熊野の信仰になった。

奈良朝にすでに国家の祭祀がここで行われ、神のお前で仏教の儀式が行われた。観音の浄土の補陀落は、華厳経に、

「於㆓此南方㆒有㆑山」

とあるように南方海岸だと思われたから、那智の滝を含む南海岸がそこだと考えられ、利生《りしょう》追福《ついふく》の信仰が起ったわけです。

補陀落渡海は、南の海の果てにある補陀落浄土をめざす死出の旅である。ところが先生の話では、那智の滝を含む海岸が浄土とされたという。常子は先ほどの幸福感を支えに、ここ熊野の地に育ま

れた浄土の幻、現世的な利生追福の信仰に縋ろうとする。現在の先生に尽くすだけの関係から、相互に関係し合う日々への転換を夢みるのである。常子の心が先生に最も近づいた瞬間である。

《そこではもしかすると、先生と自分がすべての繫縛《けいばく》を解き放って、清らかなままに結ばれる定めが用意されているのかもしれない。十年間、心の隅にさえ泛《うか》べたことのない望みであるが、尊敬をとおして、尋常でない神々しい愛が、どこかの山ふところに、古い杉の下かげに宿っているのを、夢みたことがあるような気がする。〔略〕先生と自分は、透明な光りの二柱になって、地上の人間をみんな蔑むことのできるような場所で相会うのだ。その場所が、今息を切らせてのぼる石段の先にあるのかもしれない》

常子の幻想は、石段を昇りつめて、そこの宮司の案内で熊野大社の内庭に立ったところで、一気に暗転する。二人を残して宮司が去ると、先生は辺りに人の気配がないのを確かめ、上着のポケットから紫の袱《ふく》紗《さ》を取り出す。それは今朝、常子が先生の部屋に伺ったとき、先生が不器用に卓の下に隠したのを垣間見た袱紗である。それがいまは常子を意に介そうともせず、先生の掌にのっている。袱紗が解かれると、そこには三本の黄楊《つげ》の女櫛が並んでいて、そこに文字が一字ずつ「香」と「代」と「子」と書かれてある。続けて読めば、「香代子」という女の名前である。常子は衝撃を受ける。こう描かれている。

《十年のあいだ先生の身辺についぞ現れたことのない女の名が、はじめてここに現われたわけであるが、旅に出てから今まで、それを常子から隠しとおして来られた先生を、常子はお怨《うら》みに思わぬわけには行かない。あれほど汗みずくの登攀《とうはん》のあいだ、ひたすら心に念じていた浄土は消え去って、

代りに常子を待っていたのは心の地獄だとさえ云えるのだ。常子は生れてはじめて嫉妬を感じた》

先生は袱紗から「香」の字の櫛を取って、それを枝垂桜の根方に埋める。常子は内心では反発しても、先生の作業を手伝う。その晩の常子は新宮の宿泊先に入っても、昼間に受けた衝撃で、先生を怨みに思う気持がおさまらない。先生には心に秘する女人がいた。常子は自分が不美人であるのを自覚している。それでも先生に自分が女としてみられていないことを、いまさらながらはっきりと認識させられたようなもので、打ちひしがれてしまう。永福門院の歌集を開いてはみたものの、読む気になどならない。《境涯も、身分も、容貌も、こんなに何もかも天と地のようにちがう女性の歌を、どうして先生は読めと仰言《おつしや》ったのであろう》と、常子はわが身の不遇をかこつ。

続く段落で《門院は太政大臣《だじようだいじん》西園寺実兼《さいおんじさねかね》の長女としてお生れになり、御齢《おんとし》十八歳で入内《じゆだい》され、女御《にようご》に、さらに中宮に冊立《さくりつ》され給い、伏見天皇御譲位によって院号を賜わり、永福門院と称された。伏見天皇の崩御《ほうぎよ》に先立ち、御齢《おんれい》四十六歳で剃髪《ていはつ》され》と、永福門院の生涯を一瞥するのだが、そのあとに、奇妙な一文が続く（傍線は引用者）。

一つ気にかかることは、門院が常子より一つ上の御齢で剃髪されたことであるが、先生はこれによって、常子も来年は尼になってしまえと暗示しておられるのであろうか。

それればかりではない。門院のお歌が玉葉集歌人として玉葉風の絶頂に立たれ、真昼の美しさにかがやく時期は、あたかも門院の四十代の御年頃なのである。玉葉集の奏覧を経た正和《しようわ》二年は御齢四十三歳になられるのであるから、集中の、

「猶《なほ》さゆるあらしは雪を吹きまぜて
　　夕ぐれさむき春雨の空」

とか、

「山もとの鳥の声より明けそめて
　　花もむら／＼色ぞ見え行く」

とかの、玉葉集の絢爛《けんらん》たる叙景歌は、みな常子がうろうろしている御年頃に作られたものだ。

奇妙な一文とは右の傍線部のことである。門院は常子より一つ上の年齢で剃髪して尼になった。だから常子も門院に倣って尼になってしまえ。先生が常子に門院の歌集を読めといったのは、そういう暗示なのではないか、と常子は気を回す。しかし、この常子の気の回し方には飛躍があるように思える。それまでの先生との相互不可侵的な間合いを、突然崩してしまっているのである。たとえば、常子の抱いた浄土幻想とその崩壊は、あくまで先生の言動に対する反射運動のようなものとして描かれている。常子は一人相撲をしているのであって、先生は介在しない。この小説の基本構造は、そういう二項対立的な人間関係だったはずである。ところが、ここにおいてその均衡が破られ、先生の意思が「暗示」という形で常子の中に入り込み、一時なりとも常子の思惟を支配してしまう。結果、常子は尼になった門院と向き合わざるを得なくなる。「暗示」によって、常子は自分の四十五歳という年齢を意識するのである。そのように常子を誘導したのは、三島自身が四十五歳という年齢に無関心ではいられなかったからではないのか。

常子の年齢は四十五歳である。その歳で三島は自刃した。一方の門院は四十六歳で剃髪して俗世を離れた。往昔《おうせき》の観念では、剃髪して出家すれば、他界の人になったとみなされる。三島の四十六歳は、計画どおり自刃できていれば、他界の人となって一年後に当たる。門院と同じく四十六歳で剃髪するという常子の話は、三島が他界の人になっている暗示とも読み取れよう。

それればかりではない。三島は、門院が真昼の美しさに輝く時期は、ちょうど四十代の年頃なのだと説く。事実そのとおりに違いない。だが、そこから読み取れるのは、門院の四十代と同様、『三熊野詣』を書いている自分自身が、真昼の美しさに輝いていると考えていた、ということである。『三熊野詣』の発表は昭和四十年(一九六五)一月である。そして、三島が門院によせて書いたとおり、昭和四十年から自刃する四十五年までは、三島にとっては申し分なく真昼の美しさに輝いた時間だったのではないか。四十代に差しかかった三島が、門院の四十代に言及したことには、そういう含意があったと考えられる。但し、そのとき輝いていたのは、行動右翼としての思想ではなく、鍛え抜かれた筋肉であった。『三熊野詣』と同時期に書かれた肉体の言葉、前掲の「太陽と鉄」(一九六五―八)が、それを言い尽くしている。

こうしてみると、三島の自刃は、決してなにごとかをもの申す諫死ではなかったといわざるを得ない。それどころか、生気をみなぎらせた肉体が《真昼の美しさにかがやく》時間を手にするために仕組まれた自刃だったとさえ思えて来る。

先生と常子は、那智大社を詣でた翌日、新宮の熊野速玉神社と本宮の熊野坐《にます》神社に詣でる。速玉神社で「代」の字の櫛を、熊野坐神社で「子」の字の櫛を、それぞれの内庭に埋めるのである。

速玉神社では簡単に埋めることが出来たが、熊野坐神社では神官が先生の愛読者で、そばを離れようとしない。常子が一計を案じて、神官とともに内庭の外へ出る。やがて出て来た先生の様子をみて、常子は胸をなでおろす。いつのまにか常子も三本の櫛がやすらかに埋められることを祈るようになっていた。お世話をしてきて十年このかた、女の影がちらつくどころか、噂すら聞いたことがない以上、香代子という名の女性はすでにこの世を去った人である。そう想うと、嫉妬より寛容の気持ちの方が強くなっていた。

無事三本の女櫛を埋め終えた先生は、近くの茶店で今回の旅のわけを話し出す。先生はもともと熊野の人である。この地で少年時代を過ごした先生には、香代子という相思相愛の恋人がいた。しかし親に仲を裂かれ、先生は勉学のため郷里を発ち、残された香代子は間もなく病死した。彼女の病は《恋の堰《せ》かれた悲しみの病いだ》と先生は補足した。先生の話は続いた。

香代子が、いつか二人で三熊野にお詣りしたいといったことがある。そのとき先生は、将来お詣りすることも、結婚することもできそうにないので、《「よし、僕が六十歳になったら、きっと連れたる」》といって香代子を慰めた。先生は六十歳になり、香代子との約束を果たすために、三熊野詣の旅に出たというのである。

常子は、先生が独身でいる秘密も、歌の底に流れる深い悲しみの意味も、悉く謎が解けたような気が一旦はした。けれども、却って謎が深まるような心地にもなった。話があまりに美しすぎるので、どうしても《まことらしさ》が迫って来ない。以後、結末へと続く文章には、常子の心理の逆転劇が描かれる。それ自体は一見通俗的な手法で特段のことはないが、先生と常子がともに三島の分身であることを念頭に置くと、興味深い光景が透けて見えて来る。重要な箇所なので全文を引用する。なお（A）（B）は便宜的に付したものである。

（A）常子が今まで自ら信じてもいなかった女の直感が強く働らいて、この物語の中に含まれている夢の要素に気づかせたのである。それはあくまで先生の夢みられた架空の物語として聴くべきであり、もしそれが夢ならば、先生が六十歳の今日まで信じ込んで、三つの櫛の埋葬によって果した、その夢との契約の強さに、むしろおどろくべきであろうし、そこに先生の生涯のお仕事の、実に甘いやわらかな脆《もろ》い寓喩《ぐうゆ》を見出してもよかったのである。

（B）しかしこの二日の旅で急に鋭くなった常子の嗅覚は、それ以上のものをさえ嗅ぎ当てようとしていた。それは夢ですらないのではないか？　先生は何か途方もない理由によって、そんな夢物語はおろか、三つの櫛を埋める儀式すら、御自分ではすこしもお信じにならずに、孤独な人生の終りがけに、敢て御自分の伝説を作り出そうとなさったのではないか？

見ようによってはそれはずいぶん月並みな、甘すぎる伝説であるけれど、先生の好みとあれば、致し方がない。常子は、はっと気づいて、それこそ正鵠《せいこく》を射ていると、認めざるをえなかった。

常子は証人として選ばれたのだ！

まず（A）の部分を一通り解釈すると、次のようになるであろう。

常子は女の直感で、その物語の中に含まれる夢の要素に気づく。夢の要素とは、夢を紡ぎ出す背景となるもののことである。先生には互いに愛し合う関係の女性がいたというのだが、先生ほどそういう男女の恋愛に似合わない人はいない。まして十代のときであればなおさらだ、と女ゆえに常子は確信する。作中に点綴《てんてい》される、先生の眇《すがめ》、先生のソプラノの声、先生の染めた髪、先生の袴《はかま》のようなズボン、といった描写は、その暗示である。忌憚なくいえば、先生は少女たちから好かれる少年ではなかった。むしろ先生の眇はおぞましくさえ思われていたであろう。いまでも先生を取り巻く女たちの敬愛は、歌と学問的業績に向けられたものであって、女としての目でみているわけではない。現に常子がそうである。そういう先生が少年の頃、片想いだった少女との、相思相愛の夢をみたとしても驚くにはあたらない。驚くべきは、少年の頃にみた夢を夢として終わらせず、永い年月をかけて、一つの物語として完結させたことである。夢はそのまま放置すれば霧散霧消してしまうが、対象化することで契約を結べる。その契約とは、夢を完結させることである。先生は夢との契約を約束どおり履行した。その限りでは、先生の携えた三本の女櫛は、若い女性を連想させる小物であれば、どのようなものでもかまわなかった。三つの小鈴でも三羽の折鶴でもよかった。しかも、それだけにとどまらなかった。先生は、その夢を信じ込み持続させることで、夢の物語そのものを、自分が紡ぎ出す歌の悲哀の、たしかな源泉としてしまったのである。

以上が（A）の部分の解釈である。これに三島の自刃へ至るまでの道程を重ね合わせてみようと思う。藤宮先生と三島には、その生き方において共通性があることがわかる。

先生が少年の頃にみた相思相愛の夢に対応するのが、三島が三十歳のときに夢みた切腹死の願望である。先生は夢を対象化して、六十歳のときにそれを完結させる旨の契約を、夢を相手に結んだ。一方、三島も夢を対象化して、切腹死を十五年後の四十五歳で完結させる旨の契約を結んだ。両者ともに永い年月をかけて夢を完結させた、その夢との契約の強さにおいて、先生と三島はそっくりである。それだけではない。先生が夢の物語そのものを、自分が紡ぎ出す歌の悲哀の、たしかな源泉としたように、三島も夢の物語そのものを、自分が紡ぎ出す小説中の登場人物たちの勁《つよ》い死の、たしかな源泉としたのである。たとえば『剣』『憂国』、『豊饒の海』第二巻『奔馬』といった作品が挙げられよう。

ところが、後半の（B）の部分では、常子の思考はさらに先へ伸びてゆき、思わぬものを探り当てる。《それは夢ですらないのではないか？　先生は何か途方もない理由によって、そんな夢物語はおろか、三つの櫛を埋める儀式すら、御自分ではすこしもお信じにならずに、孤独な人生の終りがけに、敢て御自分の伝説を作り出そうとなさったのではないか？》

ここでは、夢と伝説が対の関係となり、夢は否定され、伝説が肯定されている。常子は先生の話を架空の夢物語だと考えたが、さらにそれを翻し、先生は自分の伝説を創り出そうとしたのではないかと疑い始めた。つまり、先生の話は、自身が夢みた架空の物語としてではなく、自分の伝説を創り出すために捏造した、架空の物語として聴くべきではないかと。

《常子は、はっと気づいて、それこそ正鵠を射ていると、認めざるをえなかった。

常子は証人として選ばれたのだ！》

元来夢は個人に属し、伝説は多くの人（衆）に属するものである。個人の夢が伝説へと転化するには、証人が介在しなくてはならない。常子は、先生がどういう理由で伝説を創り出そうとしたのかはわからないまでも、その証人に選ばれたことに気づき、先生が自身の伝説化をはかっていると確信するようになる。この三熊野詣が、正真正銘先生の少年時代に病死した相思相愛の少女を追慕する旅だとすれば、先生一人の旅となるべきだし、先生の性格からいってもそうでなければならない。故にこの三熊野詣は、先生の先生による先生のための芝居だと、常子は悟る。それによって心の平静を取り戻した常子は、旅に出る前の先生との波風の立たない間合いを回復するのである。

このように小説『三熊野詣』は、藤宮先生の自己伝説化、言い換えれば、自己聖化を主題にしている。では、なぜ三島はこのような小説を書いたのか。ほかならぬ三島自身が自分の伝説化をはかっていたからであろう。それは本来なら秘匿しておくべきものだが、三島は小説の形で描き出した。三島の告白癖がそうさせずにはおかなかったのである。作家の業といってもいい。そのため、小説としての構成を整える必要上、二人の人物を自分の分身として登場させねばならなかった。その一人が藤宮先生で、もう一人が常子である。前述のとおり、藤宮先生は現にこの小説を書いている四十歳当時の三島の分身である。常子は末期《まつご》の目を持つ四十五歳の三島の分身である。そして、この小説が常子の目を通して書かれたのは、常子に先生のはかりごとの絵解きをさせるためである。常子は先生が自分の伝説を創り出そうとしていることに気づく。つまりこの小説は、藤宮先生の目論見を常子が見抜いたのと同じく、四十歳の三島が自分の伝説を創り出そうとしていることを、四十五歳の三島が告白するという手の込んだ仕掛けになっている。三島は五年後の死に際の目で、四十歳の現在を生きる自分をみていたのである。

常子は先生のはかりごとを見抜くが、それによって、先生の夢物語はもちろん、三つの櫛を埋める儀式も、伝説を創り出すための手段だったことに思い至る。三島自身もまた、三十歳のときに夢を描いた。十五年後、四十五歳になったら自刃するという夢である。その夢の実現のために、肉体の鍛錬に取り組み、剣道に励み、右翼になった。その行程を念頭に置いて、いま一度、（B）の次の記述に目を向けてみよう。

《それは夢ですらないのではないか？　先生は何か途方もない理由によって、そんな夢物語はおろか、三つの櫛を埋める儀式すら、御自分ではすこしもお信じにならずに、孤独な人生の終りがけに、敢て御自分の伝説を作り出そうとなさったのではないか？》

常子は分身なので、右の独白が文字どおり三島の心境を代弁したものだとすれば、夢も、その実現のための肉体鍛錬も、剣道修行も、右翼になったのも、全てを三島はすこしも信じてなかったことになる。つまり、それらは三島にとって第一義のものではなかった。三島自身の伝説化こそ根本的かつ最も大切なことであった。すなわち四十五歳で自刃する夢も、肉体の鍛錬も、剣道修行も、右翼も、全てが伝説化のための手段であった。

では、どういう理由で三島は自分の伝説を創り出そうとしたのか。そのヒントを常子が述べている。常子は（B）の独白の中で《先生は何か途方もない理由によって》と疑問を呈している。藤宮先生は現在進行形の三島の分身だから、何か途方もない理由で三島は自分の伝説を創り出そうとしたのではないか？　と読み替えることができる。では《何か途方もない理由》とは、なにか。それは金輪際あり得ないと、三島が高笑いして否定するような理由ではないか。ならば思い当たることが一つある。

縷々述べて来たとおり、三島の後半生は三十歳から始まった。その前年に三島は「芥川龍之介について」というエッセイを書いた。芥川を弱い人間の代表として取り上げ、その自殺を批判したものである。三島は芥川の自殺を反面教師と捉え、武士の切腹を引き合いに出し、《武士の自殺というものはみとめる。しかし文学者の自殺はみとめない》と、いわば啖呵を切った。これが少なくとも三島のエッセイに現れた夢の始まりだが、その際《芥川は自殺が好きだったから、自殺したのだ》と、芥川の自殺をあざ笑うように切り捨てた。ところが、実は三島もそうだったのではないか。割腹刎頸という衝撃的な方法だったにせよ、自殺したことに変わりはなく、結局のところ、三島もまた自殺が好きだったから、自殺したのではないか。ただ芥川のようには自殺したくなかった、それだけの理由ではないか。

仮に三島が三十歳頃に自殺していたら、誰も不思議に思わなかったに違いない。三島の自殺は、死の呼び声に従順に従ったまでだと思われたはずである。それを誰よりもよく承知していたのが三島本人であったろう。芥川への嫌悪は、自分への嫌悪でもある。心底から泉のように湧き出す自殺衝動を堰き止めることなどとうてい出来そうもない。しかし、それをそのままにしていたら、芥川の二の舞になる。三島は一計を案じて、その湧き出る水を別のところへ流し込むことにした。それが、武士として自殺することであった。元をただせばそこへ流れ込む水の出どころは同じなのである。しかし見た目には、芥川の自殺とは似ても似つかぬものとなる。それが三島にとっての、自分の伝説を創り出す意味である。自刃した三島の第一義は、自殺が好きだから自殺することにあったのであって、武士としての自刃も、肉体鍛錬も、剣道修行も、右翼になったのも、全てがそのための手段であった。そして、これに費やした時間が十五年だったのである。

第十章　二人の武士の自刃

――晴気誠陸軍少佐と三島隊長

三島由紀夫、昭和四十五年（一九七〇）十一月二十五日、陸上自衛隊市ヶ谷駐屯地東部方面総監室において割腹自殺。行年四十五歳。その衝撃的な光景の一部始終を見守った人物が、楯の会の四人のメンバーの他にもう一人いた。東部方面総監の益田兼利《ましたかねとし》陸将である。益田総監は猿ぐつわをかまされ、手足を縛られ、身動きできない状態にあった。とはいえ、なぜ三島は益田総監にアイマスクや手ぬぐい等で目隠しをしなかったのか。人質にとった人間を完全に無力化しようとするなら、目隠しは最も有効な手段の一つのはずである。目が見えれば、自分たちの動きの全てが見られてしまう。まして拘束した相手はプロの軍人である。万全を期すべきではなかったか。三島はそこまで気が回らなかったのか。

陸上自衛隊市ヶ谷駐屯地は高台にあることから、通称市ヶ谷台と呼ばれた。平成十二年（二〇〇〇）に、旧防衛庁が六本木から移転して、現在は防衛省となっている。五棟の重厚な庁舎が建ち並ぶ広大な敷地の中に、メモリアルゾーンと呼ばれる一画がある。周囲が樹木に囲まれ、構内でもひときわ静かな空間である。そこに自衛隊の殉職者慰霊碑がある。この慰霊碑には、防衛大臣ら防衛省幹部が離着任するときは欠かさず献花する。また外国要人が防衛省を表敬訪問する際にも献花が行なわれる。殉職者慰霊碑がメモリアルゾーンの中心施設だが、ここにはかつて市ケ谷台に点在していた旧陸軍関係の記念碑、慰霊碑が集約整備されている。メモリアルゾーンと呼ばれる所以である。その一隅に陸軍少佐晴気《はるけ》誠慰霊碑がある。碑文にはこうある。

《大本営陸軍参謀晴気誠少佐（陸軍士官学校四六期生）は前大戦中、サイパン島陥落の責任を痛感し、昭和二〇年八月一七日この地において同期の益田兼利少佐を介添えとし、自決した》

その晴気少佐の自決について、公益財団法人偕行社のフェイスブックは、次のように記す。

《歴史をひも解けば益田少佐の長時間の説得にもかかわらず、一七日明け方決行されたとのことであります。／更に益田少佐は陸上自衛隊東部方面総監として、昭和四五年一一月二五日、三島由紀夫氏の乱入事件でも、この市ヶ谷台において三島氏の自決にも立ち会うこととなるのです》

太平洋戦争末期、晴気少佐と益田少佐はともに大本営陸軍参謀であった。二人の命運を大きく隔てたのは、晴気少佐が日米両軍の決戦の場となったサイパン島防衛計画の主務者だったことによる。日本軍の南方の防衛線だったマリアナ諸島のサイパン島陥落は、その飛行場から発進する大型爆撃機B29による日本全域の空襲を可能にし、日本の敗北を決定付けたといわれる。晴気少佐の自決は、自分の作戦計画の失敗がひいては日本の敗戦を招いたという自責の念に駆られてのものである。後述するが、少佐は終戦前の八月十日に、夫人宛ての遺書を記していた。

三島は、終戦二日後の晴気少佐の自決に、人質にとった益田陸将が介添えとして立ち会ったことを知っていたであろうか。おそらく知っていたに違いない。三島は事件を起こすまでに、益田陸将とは二度面会している。益田陸将から直接でなくとも、他の幹部に教えられることはあったろう。

当時の陸自幹部のほとんどは、益田陸将と陸軍士官学校の同期か、年齢の近い先輩後輩で占められていた。彼らの間では、他人事とは思えない身につまされる事件として、晴気少佐自決の記憶は共有されていたはずである。三島は初めての体験入隊を実現させるため、昭和四十年（一九六五）頃から頻繁に自衛隊幹部と会っていたので、自然とその話が出たかもしれない。あるいは、三島が他の幹部に益田陸将に会ったといえば、相手の方から晴気少佐の自決を話題にしたかもしれない。なにしろ三島は『憂国』を書いた作家なのである。その話を聞いた三島がどういう反応を示したかは、想像がつく。必ずや駐屯地内に建てられた晴気少佐の慰霊碑を尋ねあて、軍隊式の挙手の礼をもって敬意を表したことであろう。

話を元に戻すが、三島が益田陸将の目をアイマスク等で覆わなかったのは、自決を見届けて欲しかったからではないか。舞台俳優が観客の目にどう映るかを意識しながら演じるように、三島も益田総監の目を意識することで、ひょっとして顔を出すかもしれない躊躇を、心の奥底へ閉じ込めたかったのかもしれない。臆病風に吹かれないために必要なのは、他者の目なのである。あるいは、三島の自己顕示欲が、「観客」としての益田陸将の目を欲したのかもしれない。晴気少佐の自決に介添えした益田陸将は、三島にとっては願ってもない目の肥えた「観客」であったろう。その眼前で、歌舞伎俳優が引退前の仕納めに一世一代の得意芸を演じるように、一世一度の見栄を切りたかったのかもしれない。あるいは、自衛隊への体験入隊を繰り返すほどに、戦争のさなかに戦争そのものから見離されていた自分を恥じ、そのコンプレックスの裏返しとして、晴気少佐のように毅然と益田陸将の目の前で自決すれば、絶対に名誉を挽回できるとでも考えていたのかもしれない。三島の最期は晴気少佐に負けず劣らず、武人として立派なものだったと、益田陸将にさまざまな場面で証言してもらいたかったのかもしれない。

三島が意図して益田陸将に目隠しをしなかったとすれば、以上のような理由が考えられる。しかし益田陸将にしてみれば、晴気少佐の場合はまだしも、三島の自刃については、運命のめぐり合わせの悪さに暗然とさせられたのではないか。それでも益田陸将は、総監室の床に転がった三島と森田の首を、見苦しくないよう立てて、冥福を祈ることを、放心状態だった三人の楯の会メンバー(市ヶ谷決起五人組のうち小賀正義、小川正洋、古賀浩靖の三名で、三島、森田の自刃を見届けたあと、益田陸将を解放する任務を担った)にきつく促したという。その一言で彼らは我に返った。三島は冥土で益田陸将に感謝したはずである。

ところで、今日わたしたちは晴気少佐の遺書の全文を、インターネット上で読むことが出来る(「世紀の自決　殉国者銘録」「愛国顕彰ホームページ　祖国《ふるさと》日本　第一部　殉国の碑」http://www.asahi-net.or.jp/~un3k-mn/ziketu-haruki.htm)。

《戦いは遠からず終わることと思う。而して、それが如何なる形に於て実現するにせよ、予はこの世を去らねばならぬ。地下に赴いて九段の下に眠る幾十万の勇士、戦禍の下に散った人々に、お詫びを申し上ぐることは、予の当然とるべき厳粛なる武人の道である。／サイパン島にて散るべかりし命を、今日まで永らえて来た予の心中を察せられよ。武人の妻として、よくご納得がいくことと思う。而して、予の肉体は消ゆるとも、我が精神は断じて滅するものにあらず。魂はあく迄皇国を護持せんのみ。予は茲《ここ》にこの世におけるお別れの言葉を草するにあたり、十年間、予と共に苦難の途を切り抜け、予が無二の内助者たりし貴女に衷心より感謝の意を捧ぐ。／又、予は絶対の信頼を以て、三子を託して、武人の道に殉じ得る我身を幸福に思う。然るに、夫として、又父として物質的、家庭的に、何等尽すことを得ざりし事を全く済まぬと思う。／今に臨んで、遺言として残すべきものは何ものもない。予が精神、貴女が今後進むべき道は、予が平素の言、其の都度送りし書信に尽く。三子を予と思い、皇国に尽す人間に育ててもらえれば、これ以上何もお願いすることはない。／／三子には未だ幼き故に何事も申し遺さぬ、物心つくに伴い、貴女より予が遺志を伝えられよ。予が亡きあと、予が残したる三子と共に、更に嶮しき荊の道を雄々しく進まんとする貴女の前途に、神の加護あらんことを祈る。／予が魂、亦共にあらん。／昭和二十年八月十日記》

これぞ武人の遺書なのであろうが、しかし武人もまたありふれた家庭人であることがよくわかる。抑制の利いた文面からは、夫人への思いが切々と伝わって来る。晴気少佐の自決が潔く、故に美しいと思えるのは、作戦ミスで幾千幾万の兵士や民間人を死傷させたことへの、武人としての責任のとり方だけに帰せられるのではない。武人も軍服を脱げば世俗の人である。夫であり、三子の父親でもある晴気少佐は、家族への情愛を断ち、切腹という武人の古式に則って死んだ。晴気少佐の自決に武人の心構えと世俗人の感情の両面がみえるから、その死は潔く、故に美しいと思えるのである。そのなによりの証拠が、夫人宛ての遺書であろう。

晴気少佐は、なぜ自決しなければならないか、夫人にはっきりと説明している。隠すところがない。真率な文面で夫人に暗黙の同意を求め、かつ許しをさえ求めている。対して三島はどうであったか。夫人と両親への遺書は発見されていないという。だが、これでは遺族は救われない。仮に諫死であるなら、やむなき自決であることを、晴気少佐のように、夫人や両親に書き残すべきだったのではないか。遺書があれば、遺族は多少なりとも救われたであろう。

三島は自刃の直前、総監室のバルコニーから眼下の自衛隊員へあの檄文をばら撒いた。文中に表明された政治的主張と自刃とが、強い必然性で結びついているなら、やむを得ないこととして、家族にはせめて事後承諾を求める遺書を記すべきであった。肉親の不意の死は、その死に方に関係なく、家族にはつらいものである。ましてや、家族の嘆きをわかっていながら、なにもしないのは、断じて武人の態度ではない。自刃における三島の正義が疑われる。

三島は昭和四十三年（一九六八）の「批評」九月号に発表した前掲のエッセイ「日沼氏と死」で次にように書いた。

《私が文学者として自殺なんか決してしない人間であることは、夙《つと》に自ら公言してきた通りである。私の理屈は簡単であって、文学には最終的な責任というものがないから、文学者は自殺の真のモラーリッシュな契機を見出すことはできない。私はモラーリッシュな自殺しかみとめない。すなわち、武士の自刃しかみとめない》

しかし晴気少佐の自刃に則していえば、はたして三島の自刃はモラーリッシュであったのか。一番肝心なところで、三島は一家の長としての責任を放棄している。三島の自刃には家族に対しての最終的な責任というものがない。自刃の真のモラーリッシュな態度を見出すことができない。家族に申しひらきが出来ないような自刃は、武士の自刃ではない。家族の長としての責任の放棄、この一点だけでも、檄文に表明された政治的主張と自刃との間に必然性があるとは思えない。だからこそ、三島は遺書を書かなかった。否、書けなかったのではないか。書けば、檄文の主張と自刃とを弥縫《びほう》しなければならず、嘘を書くことになる。嘘を書いてまで自分の死を正当化しようとは思わなかったのであれば、三島を知る人が一様にいうように、口は悪くも本質的には正直者だったのであろう。それでも家族が取り残されてしまうことに変わりはない。万が一、家族宛ての遺書が存在していて、遺族の判断で未公開になっているだけなら、三島の名誉のためにも公開してもらいたいものである。

前掲の、松本徹編著『年表作家読本　三島由紀夫』によると、三島が森田必勝と最終行動計画を立てたのは、昭和四十五年（一九七〇）三月になってからである。四月に楯の会幹部の小賀正義と小川正洋、九月に古賀浩靖に参加を求めている。それには「おまえの命をおれにくれ」という意が含まれていた。彼らは同意する。三島事件五人の顔ぶれが揃ったわけである。

行動計画は、次のように推移する。

六月十三日、三島は、森田、小賀、小川の三人に、自衛隊による憲法改正のクーデターは期待できないので、自分たちだけで決起することを明かす。その具体的方法は、東部方面総監を人質にとって自衛隊員を集合させ、自分たちの主張を訴えて、賛同者があればともに国会を占拠し、憲法改正を発議させるというものであった。

同二十一日、三島は人質の標的を東部方面総監から三十二連隊長に変更する。駐屯地のヘリポートを楯の会の体育訓練場所として借用する許可を得たが、総監室のある一号館までは遠い。代わりに、ヘリポートのすぐ傍には三十二連隊の隊舎があるので、この部隊の連隊長を拘束するというのである。三十二連隊は重火器を装備し、首都東京の防衛が任務の歩兵部隊である。東部方面総監は、三十二連隊等の実戦部隊や後方支援部隊を指揮統括する上席の司令官なので、連隊長のように直接指揮できる実働部隊を持っていない。その点、連隊長を人質にとれば、千人単位の重装備の隊員を釘付けにして、自らの主張を述べることが出来る。といっても、十三日の時点で自衛隊は期待できないと見限っている以上、三島の狙いは、楯の会の会員と歩兵部隊の双方が注視する中で自刃したときの、そのインパクトの大きさだったのかもしれない。三十二連隊は、「三十二連隊近衛隊」の愛称のとおり、戦前の近衛連隊を前身とする部隊である。周知のように、近衛連隊は天皇の親衛隊であった。三島は二・二六事件の決起青年将校をこよなく愛していたが、彼らが率いた反乱軍の主力もまた近衛連隊であった。その後裔たる三十二連隊の隊員の前でクーデターを叫ぶのは悪くない考えだと、三島は思ったのかもしれない。

　人質変更の理由については、もう一つ考えられることがある。東部方面総監室が入る一号館には、神道の大神主で、かつ兵馬の大権（統帥権）を統《す》ぶる天皇の玉座があった。一号館は現在、歴史的建築物として防衛省構内の西端に、市ヶ谷記念館と名称を変え、移築、復元されている。防衛省が実施する市ヶ谷台ツアー（無料の見学会）のコースに入っており、メモリアルゾーンとともに公開されている。

　市ヶ谷記念館（旧一号館）の一階は、大講堂になっている。板敷きの床は磨きぬかれ、天井も高く、体育館と見紛う広さである。その正面奥に小ぶりだが、儼乎《げんこ》たる舞台がある。玉座である。いまは往時のままに復元されているが、三島が自刃した頃はカーテンで遮られ、半ば物置のようになっていたらしい。当時としてはおそらく、天皇がかつて日本軍の大元帥だったことを想起させないための配慮であったろう。一方、東部方面総監室は正面玄関真上の二階にある。一階と二階の違いがあるが、玉座とは丁度正対する位置関係にあり、かつては陸軍大臣室であった。

一号館が歴史的建築物として残されたのは、むろん三島事件の舞台になったからではない。極東国際軍事裁判（東京裁判）の法廷となったためである。そのように防衛省発行のリーフレットに記載されている。東条英機ら二十八名がA級戦犯として起訴され、昭和二十一年（一九四六）五月三日に審理開始、二十三年十一月十二日に絞首刑七名、無期禁錮十六名、有期禁錮二名の判決が下された。玉座には法廷の書記官が席を占め、速記をとっていた。

一号館は日本の戦後史にとって保存すべき重要な建築物に違いないが、他方、戦前の皇国主義にノスタルジーを抱く右翼や保守派にとっては、戦時指導者が戦争犯罪人として断罪されたことを思い起こさせる忌まわしい建築物であろう。彼らにしてみれば、この建物が存続する限り、敗戦国としての屈辱が拭い去られることはない。にもかかわらず、新庁舎の建設に際して、一号館が取り壊されなかったのは、まさしく玉座があったからではないか。玉座は、とりわけ皇国主義者にとっては、神聖不可侵の意義を持つものであろう。一号館を解体撤去すれば、一号館と一体になっている玉座も壊さざるを得なくなる。それは畏れ多いことと思われたのではなかろうか。つまり、一号館が東京裁判の史的建築物であるというのは表向きの理由で、玉座の聖性を慮ったために取り壊せなかった、というのが実のところではなかろうか。

東京裁判の判決が下された当時は、三島は大蔵省を退官し、『仮面の告白』の構想を練っている最中だが、戦勝国が敗戦国の戦争指導者にどのような裁きを下すのか、知識人の一人として関心を寄せていたに違いあるまい。つまり、ここでいいたいのは、三島は一号館に玉座があることを知っていたはずだ、ということである。もっとも知ってはいても、益田陸将を人質にするプランを練っていた三島には、玉座のある建物での切腹がなにを意味するのか、そこまでは気を回す余裕がなかったのかもしれない。先回りしていうと、総監室で切腹すれば、玉座を汚穢《おわい》にさらすことになるのである。

神道では、神は不浄なもの、とりわけ血の穢《けが》れ、人の死の穢れを悪《にく》む。玉座を汚穢に触れさせてしまうこと（同じ屋根の下では、直接接触・間接接触を問わない）は、天皇への不敬と同じである。神は汚穢を悪み、清浄を好むという観念に基づく触穢《しょくえ》の制は、平安中期に施行された延喜式の臨時祭式にみえる。浄・不浄の観念は日本文化の源泉といってもよく、いまなお日本人の生活を律している。三島は《日本文化の歴史性、統一性、全体性の象徴であり、体現者であられるのが天皇なのである》（「栄誉の絆でつなげ菊と刀」『日本及日本人』日本及日本人社　一九六八）と述べているが、三島の計画は天皇の聖性に穢れを塗り付けるに等しく、これでは自己矛盾に陥ることになる。もしかしたら三島はそれに気づき、総監室の益田陸将の目の前で割腹自殺する計画を、十日を経ずに諦めることにしたのかもしれない。それが人質を三十二連隊長に変更した、もう一つの考え得る理由である。

しかし計画は元に戻される。決行まであと四日と迫った十一月二十一日、三島ら五人は銀座の中華飯店に集まるが、森田必勝の調べで二十五日には三十二連隊長が不在であることが報告される。急遽、再び人質のターゲットが東部方面総監に変更される。まさに昭和四十五年十一月二十五日に自決することが、三島にとって至上命題だったとすれば、もはや時間がなかった。三島はその場で総監部へ電話を入れ、十一月二十五日午前十一時に会う約束をとりつけるのである。

一号館に玉座があることを承知で自刃したのであれば、それが血と死の穢れに触れることよりも自刃を優先したことになる。また、知らなかったとしても、玉座を血と死で穢した事実に変わりはない。このように、自刃を決行する場所の選定一つをとっても、三島の行動には疑念を生じさせることが見え隠れする。同じことが一生の幕を閉じる自刃の、直前の発言においてもみられる。

三島は益田東部方面総監を拘束したあと、解放条件の一つとして、駐屯地内の自衛隊員を総監室バルコニー下の広場へ非常呼集させる。眼下に集合した自衛隊員にクーデターへの決起を呼びかける演説をするが、三島の声は自衛隊員のヤジや怒号でかき消されてしまう。やむなく三島は演説を予定より早く切り上げ、「天皇陛下万歳」と唱えたあと、総監室へ消えて自刃を決行する。

先に触れた晴気少佐の自刃は、終戦二日後の八月十七日の早暁、同僚の益田少佐の長時間の説得にもかかわらず、決行されたという。直前、晴気少佐もきっと、「天皇陛下万歳」と唱えたに違いない。そこには皇国軍人として敗戦を招いてしまったことに対する、昭和天皇への謝罪の意が込められていたはずである。晴気少佐の「天皇陛下万歳」には、それ以外の意味を憶測する余地がない。対して三島の「天皇陛下万歳」はどうか。奥野健男は次のような疑問を述べている（『三島由紀夫伝説』）。

《それにしても演説を終った三島由紀夫はなぜ切腹の前にバルコニーで天皇陛下万歳を唱えたのであろうか。せめて日本万歳にしてくれればと思うのだが。『英霊の声』で〈などてすめろぎは人間《ひと》となりたまひし〉のルフランをはじめ二・二六事件の時の態度、人間宣言の詔勅に深い恨みと呪詛をさらには軽蔑をも幾重にも投げかけている昭和天皇に対しなぜ万歳を唱えたのであろうか。天皇陛下という敬称は生きている現天皇に対してということになるが、とてもそんなことは考えられない。三島由紀夫は歴史と伝統の国、日本を骨抜きにしてしまった主因は天皇裕仁であると常日頃語っていたから……》

三島自身、自決の七日前に、前掲の古林尚との対談「戦後派作家はかたる」で、《ぼくは、天皇個人にたいして反感を持っているんです。ぼくは戦後における天皇人間化という行為を、ぜんぶ否定しているんです》と述べている。これを読む限り、三島は個人を超越した理念としての天皇は肯定するが、昭和天皇個人は否定すると主張している。しかし、奥野の指摘どおり、《天皇陛下という敬称は生きている現天皇に対して》使用される言葉である。言葉の使い方にうるさかった三島にしては自己撞着した、安易な使い方である。なぜ、こういう三島らしくないことをぬけぬけとしたのか。

三島はあえて「天皇陛下万歳」を唱えたのだと考えれば、疑問は消えよう。なぜなら、そう叫んだ瞬間、「天皇陛下万歳」は「政治的言語」として巷間に流通するからである。むろん正月の一般参賀や天皇が臨席する行事等で、庶民が叫ぶのとは意味が違う。三島は「天皇陛下万歳」を叫んだ直後に「自刃」したわけだが、この二つの行為は一つながりのものなのである。たとえば日本の戦争映画にみられるステロタイプ、神風特攻隊員が「天皇陛下万歳！」を叫んで米艦へ機体ごと体当たりする場面を連想させはしないか。つまり「天皇陛下万歳」→「自死」という図式において、敗戦前の日本人が天皇に命を捧げたように、三島の「自刃」も君臣の関係をあざとく際立たせる形で決行された。三島の「天皇陛下万歳」はそのような意味を持つものであろう。

ところで、この三島が自刃した十一月二十五日は、本書の「第二章　奇妙な年齢」で示したとおり、三島の誕生日の一月十四日に由来する可能性が高い。輪廻転生説でいう丁度四十九日前なのである。三島個人にかかわる極めてパーソナルな日、といえよう。すなわち本書の冒頭において立てた二つの問のうち、「(1)　三島由紀夫は、なぜ十一月二十五日に自刃したのか？」の答は、簡略にいうと、「私的な理由による」となる。

では、「問(2)　三島由紀夫は、なぜ四十五歳（昭和四十五年）のときに自刃したのか？」の答はどうであったか。これも「第三章　二つの葉隠論」で示したとおり、三島の永く座右の書であった山本常朝の『葉隠』に由来する、「極めて私的な理由による」となる。

以上のことから、三島が自刃した日、昭和四十五年（一九七〇）十一月二十五日は、三島の個人史の中から引き出され、組み合わせられた日であると結論できる。従って、様々な角度から検討したとおり、三島の自決は本質的に、個人の事情に基づく死、「文学的死」なのである。

あとがき

　三島由紀夫が死んだ日の記憶はいまでもかなり鮮明に残っている。当時大学一年のわたしは学生新聞会に所属していて、丁度三島が自刃したときは、その新聞会の部屋で仲間数人と雑談をしていた。そこは全共闘系のノンセクトの学生だけでなく、新左翼のセクトに属する学生も出入りするたまり場になっていた。昼頃、上級生が部屋のドアを押し破るような勢いで飛び込んで来た。その顔が尋常ではなかった。彼は喉から言葉を絞り出すように、三島の自刃を告げた。だが、話は断片的で全体像がまったくつかめなかった。ともかくそれが三島の死を知らせる第一報であった。それから続々と見知った顔が集まり出した。たちまち狭い部屋がぎゅうぎゅうになってしまった。このあと続けてなにか大きな騒動が引き起こされるのではないか、そのときはどうしたらいいのかと、わたしはとりとめのない思いを巡らせていた。もっと詳しいことを知りたかったが、部屋にはラジオもテレビもなかった。わたしたちの唯一の情報源は、ここへ駆けつけて来る学生たちであった。

　ふと気づくと、セクトに属する学生がことごとく消えていた。アジトへ向かったのだと思った。ノンセクトの学生は一人では居ても立っても居られず、居場所を求めてここにやって来るのだと思った。そう思うと、セクトの学生が少し羨ましかった。どこか取り残されたようで、一抹の寂しさを覚えた。わたしたちは緊張し、身構えていた……。

わたしは三島の作品をほとんど読んだことがなかった。三島に貼られた右翼のレッテルが、わたしを三島から遠ざけていた。もっとも当時のわたしには、自分と同質の感性をその文章に見出していた作家がいた。三島と同世代でいわゆる第三の新人といわれた一人、芥川賞作家の吉行淳之介である。わたしは吉行の書いたものを追いかけるように読んでいた。その意味でもわたしは三島に関心が向かわず、三島がなにを書いているのか、『潮騒』と『金閣寺』以外、ほとんどなにも知らなかった。

そのわたしが本書を書くに至ったのは、たまたま三島の『英霊の声』を読んだことによる。その時わたしは還暦を過ぎていたが、正直にいうと、そのタイトルさえ知らなかった。読んでみると、『英霊の声』とは真逆の、昭和天皇への呪詛に満ちた「怨霊の声」というべきものであった。わたしはびっくり仰天して、二度三度と読み返した。なにがどうであれ、天皇への崇敬を第一義におくはずの右翼の作家が書いたものとは思えなかった。しかも似たような筋立ての話を読んだ記憶があり、思い当たったのが中世の軍記物語『太平記』の巻第二十七にある「雲景未来記事《うんけいみらいきのこと》」であった。それを下敷きにしてこの小説は書かれたのではないかと思った。

『太平記』は随所に怨霊が跋扈する。中でも「雲景未来記事」はとりわけ有名な一段である。京都近郊の山深い寺院に、保元の乱で敗れて讃岐へ流され、帰京の願い空しく亡くなった崇徳上皇の怨霊が上座にすわり、歴史に名をとどめる天皇や高僧のあまたの怨霊が密議をこらしている。その光景を山伏の雲景が盗み見るという話である。

天皇家は古来、怨霊に悩まされ続けて来た。その中で最も恐れたのが、崇徳上皇の怨霊である。明治維新のとき、政権をにぎった明治天皇は、真っ先に崇徳上皇の墓所へ勅使を遣わした。上皇の霊が新政府に祟らないよう祈願するためであった。『英霊の声』は小説とはいえ、そういう天皇家の歴史に新たな一ページを加えたのだと思った。わたしは三島由紀夫の複雑さにおそれいった。

思えば、三島の自刃自体、なにか芝居じみたものに思えてならず、茶番劇の一言で片付けてしまっていた。しかし、三島よ、あなたは一体何者か？　そういう気持ちに駆られ、わたしは図書館で書架に並んだ『三島由紀夫全集』全三十六巻を毎回三巻ずつ借り出しては読んだ。その後、『決定版　三島由紀夫全集』全四十四巻が刊行されているのを知り、改めてその厖大な仕事量に感じ入った。本書はその報告書である。

最後に、本書が成るにあたっては、幻戯書房編集部の田口博氏に種々の助言をいただいた。ここに謝意を表しておきたい。本当にありがとうございました。

二〇二一年九月

田子文章

主要参考文献（順不同）

日本文学研究資料刊行会編『日本文学研究資料叢書　三島由紀夫』有精堂　一九七一
松本徹、佐藤秀明、井上隆史編『三島由紀夫事典』勉誠出版　二〇〇〇
堂本正樹『三島由紀夫の演劇　幕切れの思想』劇書房　一九七七
堂本正樹『劇人三島由紀夫』劇書房　一九九四
中村彰彦『三島事件　もう一人の主役』ワック　二〇一五
村松剛『三島由紀夫――その生と死』文藝春秋　一九七一
村松剛『三島由紀夫の世界』新潮社　一九九〇
山口県山口博物館編『維新の先覚　吉田松陰』山口県教育会　一九九〇
大澤真幸『三島由紀夫　ふたつの謎』集英社新書　二〇一八
柴田勝二『三島由紀夫　作品に隠された自決への道』祥伝社新書　二〇一二
折口信夫『折口信夫全集　第三巻』中央公論社　一九五五
松本徹編著『年表作家読本　三島由紀夫』河出書房新社　一九九〇
小室直樹『三島由紀夫が復活する』毎日ワンズ　二〇〇二
野口武彦『三島由紀夫の世界』講談社　一九六八
野口武彦『三島由紀夫と北一輝』福村出版　一九八五
安藤武『三島由紀夫の生涯』夏目書房　一九九八
菅孝行『三島由紀夫と天皇』平凡社新書　二〇一八
堀幸雄『戦後の右翼勢力』勁草書房　一九八三
高木正幸『全学連と全共闘』講談社現代新書　一九八五
椎根和『平凡パンチの三島由紀夫』新潮社　二〇〇七
長谷川泉、森安理文、遠藤祐、小川和佑共編『三島由紀夫研究』右文書院　一九七〇
保阪正康『憂国の論理　三島由紀夫と楯の会事件』講談社　一九八〇
松本徹『三島由紀夫　エロスの劇』作品社　二〇〇五

松本徹、佐藤秀明、井上隆史責任編集『三島由紀夫の出発　三島由紀夫研究①』鼎書房　二〇〇七
林房雄『三島由紀夫への鎮魂歌　悲しみの琴』文藝春秋　一九七二
平岡梓『伜・三島由紀夫』文藝春秋　一九七二
奥野健男『三島由紀夫伝説』新潮社　一九九三
宮崎繁明『三島由紀夫と橋川文三』弦書房　二〇一一
猪瀬直樹『ペルソナ』文藝春秋　一九九五
大塚英良『文学者掃苔録図書館』原書房　二〇一五
橋川文三『時代と予見』伝統と現代社　一九七五
橋川文三『橋川文三著作集　5』筑摩書房　一九八五
橋川文三『三島由紀夫論集成』深夜叢書社　一九九八
磯田光一『殉教の美学』冬樹社　一九六九
宮崎正弘『三島由紀夫はいかにして日本回帰したのか』清流出版　二〇〇〇
徳岡孝夫『五衰の人　三島由紀夫私記』文藝春秋　一九九六
三島由紀夫研究会編『「憂国忌」の四十年』並木書房　二〇一〇
安部譲二「解説」三島由紀夫『複雑な彼』集英社文庫　一九八七
森田必勝『わが思想と行動　遺稿集』日新報道出版部　一九七一
山本舜勝『自衛隊「影の部隊」三島由紀夫を殺した真実の告白』講談社　二〇〇一
國學院大學日本文化研究所編『縮刷版　神道事典』弘文堂　一九九九
澁澤龍彥『三島由紀夫おぼえがき』立風書房　一九八三
矢代静一『鏡の中の青春』新潮社　一九八八
白川正芳編『批評と研究　三島由紀夫』芳賀書店　一九七四
三枝康高編『三島由紀夫　その運命と芸術』有信堂　一九七一
橋本治『「三島由紀夫」とはなにものだったのか』新潮社　二〇〇二
梶尾文武『否定の文体　三島由紀夫と昭和批評』鼎書房　二〇一五
三島由紀夫『三島由紀夫未発表書簡　ドナルド・キーン氏宛の97通』中央公論社　一九九八

引用・参照した三島由紀夫作品の出典（登場順）

＊「全」は『三島由紀夫全集』、「決」は『決定版　三島由紀夫全集』、数字は巻数、刊行年等。発行はいずれも新潮社。

『英霊の声』　決20　短編小説6　2003
「日沼氏と死」　全33　評論9　1976
「太陽と鉄」　決33　評論8　2003
「私の遍歴時代」　決32　評論7　2003
「『仮面の告白』ノート」　決27　評論2　2003
「美のかたち——『金閣寺』をめぐって」　小林秀雄との対談　決39　対談1　2004
「法律と文学」　決31　評論6　2003
「荒野より」　全17　小説17　1973
「果たし得ていない約束—私の中の二十五年」　決36　評論11　2003
「私の戦争と戦後体験——二十年目の八月十五日」　決33　評論8　2003
「対話・日本人論」　決39　対談1　2004
「三島由紀夫最後の言葉」　古林尚との対談　決40　対談2　2004
『岬にての物語』　決16　短編小説2　2002
「行動学入門」　全34　評論10　1976
「檄」　決36　評論11　2003
「はしがき（十代作家作品集）」　決28　評論3　2003
「革命哲学としての陽明学」　決36　評論11　2003
「実感的スポーツ論」　決33　評論8　2003
「小説家の休暇」　決28　評論3　2003
「葉隠入門」　全33　評論9　1976／決34　評論9　2003
「芥川龍之介について」　全26　評論2　1975

『仮面の告白』 決1 長編小説1 2000
「美しい死」 全33 評論9 1976／決34 評論9 2003
「戯曲の誘惑」 決28 評論3 2003
「十八歳と三十四歳の肖像画」 決31 評論6 2003
「一つの政治的意見」 決31 評論6 2003
『憂国』 全13 小説13 1973／決20 短編小説6 2002
『剣』 決20 短編小説6 2002
「林房雄論」 決32 評論7 2003
「裸体と衣裳」 全28 評論4 1975
「胸のすく林房雄氏の文芸時評」 決32 評論7 2003
「青年について」 全33 評論9 1976
「国家革新の原理——学生とのティーチ・イン」 決40 対談2 2004
「「楯の会」のこと」 決35 評論10 2003
『わが友ヒットラー』 決24 戯曲4 2002
『三熊野詣』 決20 短編小説6 2002
『禁色』 決3 長編小説3 2001
「栄誉の絆でつなげ菊と刀」 決35 評論10 2003

田子文章（たご ふみあき）
昭和二十五年（一九五〇）、千葉県生まれ。明治学院大学経済学部卒業。長く広告業界の一隅で糊口する。途中、衆議院議員秘書。平成十年（一九九八）、第十九回読売「ヒューマン・ドキュメンタリー」大賞入選（「青海　音ものがたり」）。

三島由紀夫自決考

昭和四十五年十一月二十五日・四十五歳の理由

二〇二一年九月十六日　第一刷発行

著　者　田子文章

発 行 者　田尻　勉

発 行 所　幻戯書房
郵便番号一〇一 - 〇〇五二
東京都千代田区神田小川町三 - 十二
電　話　〇三 - 五二八三 - 三九三四
FAX　〇三 - 五二八三 - 三九三五
URL　http://www.genki-shobou.co.jp/

印刷・製本　中央精版印刷

ISBN978-4-86488-230-9 C0095